고마워요

고마워요

백 성 현 포 토 에 세 이

시그마북스
Sigma Books

차례

제 친구를 소개합니다

1. 아프니까

2. 사랑하니까

3. 그래도 내 인생이니까

저기요, 시간 있으면 저랑 사진이나 찍을래요?

제 친구를 소개합니다

우선 저랑 아주 친해요.

이 친구를 알게 된 게 1989년 제가 아홉 살 때니까

지금 25년 정도 되었어요.

그때나 지금이나 변함없이 가깝게 잘 지내고 있지요.

이 친구는 제가 현재의 자리까지 오는 데

큰 도움을 주었어요.

귀차니즘에 사로잡혀 집에 있는 걸 좋아하던 나를

활동적으로 만들어줬고

모르는 사람들과 친하게 인간관계도 만들어줬어요.

힘들 때 별말 없이 그 존재만으로 큰 힘이 되어줬고

가끔은 나를 울리기도 했지만

그래도 금방 웃게 만들어줬어요.

이 친구랑 친해지려다 친해지지 못한 친구들도 많아요.

그래서 나한테 도움을 청하기도 하죠.

좀 시크해서 먼저 다가오는 스타일은 아니지만

마음을 열고 다가가서 한번 친해지면

평생지기가 될 수도 있죠.

생각지도 못한 기쁨과 성취감을 주기도 하고
가끔은 아쉬움을 주기도 하지만 그래도 나쁘지 않아요.
이 친구를 알면 알수록 놀라운 일이 많아져요.

25년 전부터 지금까지 항상 제 옆에 있는데도
그래도 아직 이 친구가 궁금하고 좋아요.
그래서 더 알아갈 생각이에요.
혹시 이 친구와 친구가 되고 싶다면
제가 적극 도와드릴 수 있어요.
약속할 수 있어요.

제 친구랑 친구 한번 해볼래요?
후회하지 않을 거예요.
그 친구가 누구냐고요?

이렇게나 많은 칭찬과 수식어가 붙는
꽤 괜찮은 제 친구의 이름은
바로

사진입니다.

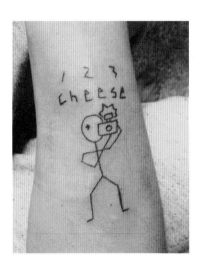

1

Thanks
Photo

아프니까

첫 번째 리허설

2009년 여름, 나는 신지와 듀엣으로 앨범 〈Jumping〉을 냈다. 종민이 형이 공익근무요원으로 군 대체복무를 하고 있던 때라 내가 코요태 멤버로 영입된 이래 처음으로 셋이 아닌 둘이 하는 활동이었다.

둘만 한다는 부담감에 긴장했던데 걱정했던 것 이상으로 많은 분들이 사랑해주셔서 바쁜 스케줄 속에 잠시 사진일을 접어두고 음반활동에 몰두했다.

하루에 적게는 3~4개, 많을 때는 10개까지, 아침 7시쯤 미용실을 시작으로 하루 종일 공연을 하고 심야 라디오 방송으로 마무리되는 스케줄로 집으로 돌아가는 차 안에서는 완전히 녹초가 되곤 하던 때였다.

그날은 스케줄이 조금 있는 날이어서 밤 10시쯤 집에 들어왔다. 그리고 곧장 샤워를 하러 욕실로 직행했다. 쏴 하고 힘 있게 쏟아지는 물이 내 몸을 적셔주었다. 물줄기에 얼굴을 갖다 대고 눈을 감았다. 그리고 다시 눈을 떴을 때,

나는 욕실 바닥에 쓰러져 있었다.

힘차게 물을 쏟아내는 샤워기가 쓰러진 나를 깨우려는 듯
온몸에 물을 뿌려주고 있었다. 나는 쓰러진 채로 눈만 깜
박이며 이 어이없는 상황의 정황을 파악하려 쉴 새 없이
기억을 더듬었다.
아무것도 기억이 나질 않았다.

세면대를 붙잡고 천천히 일어나 거울을 보았다. 거울에
비친 내 모습은 팔과 어깨에 멍이 들고 얼굴은 노란색으
로 변해 있었다.
나는 한참을 거울을 들여다보다 샤워기를 잠갔다. 그리고
생각했다.
'내가 요즘 진짜 피곤한가 보다.'

두 번째 리허설

다음 날도 그다음 날도 그 이후로도 기가 막힐 정도로 많은 스케줄이 이어졌다.

그날은 새벽 1시 라디오 생방을 끝내고 새벽 2시가 넘어 집에 들어왔다. 도저히 샤워할 힘이 없어 들어오자마자 침대에 쓰러져 그대로 잠이 들었다. 그리고 다시 눈을 떠서 시계를 보니 시곗바늘은 4시 정각을 가리키고 있었다. 비몽사몽의 상태에서도 나는 지금이 새벽인지 오후인지를 확인하고 있었다. 오후라면 이미 두 개의 스케줄이 펑크가 났다는 것이고, 새벽이라면 피곤에 찌들대로 찌든 내가 지금 시각에 눈을 뜰 이유가 없었기 때문이다.

어쨌든 다행이라면 다행이랄 수 있는 건 그 시간이 새벽이었다는 것이다. '누가 깨운 것도 아니고 전화가 울린 것도 아닌데 이 시간에 왜 눈이 떠졌지?'라는 생각이 들던 그때.

누군가 망치로 있는 힘껏 내 머리를 내리치는 듯 머리가 아프기 시작했다. 태어나서 처음으로 느껴보는 두통이었다(어떻게 표현해도 그 고통을 글로 표현하기 힘들 것 같아 이 정도로만 쓴다). 깨질 듯한 머리를 붙들고 고통에 몸부림치며 15분 정도 지났을까(그때 나에게는 그 시간이 15년처럼 느껴졌었다). 두통이 조금 진정되었고 나는 그 틈을 타 구급상자 안에서 두통약을 꺼내 4알을 먹었다. 그리고 30분가량을 석고상처럼 부동자세로 가만히 의자에 앉아 있었다. 조금만 움직여도 머리가 아팠기 때문이다.

두통이 어느 정도 사그라들고 그제야 나는 생각이란 걸 할 수 있었고 악몽 같았던 1시간을 떠올려보았다.

'뭐 이런 두통이 다 있나. 정말 죽는 줄 알았네.'

두통약 덕인지 시간이 지날수록 두통은 가라앉았고 약 기운과 피곤함에 다시 잠이 몰려왔다. 잠들기 전, 소변을 보고 물을 내리려 변기 버튼에 검지를 갖다 댔다.

그런데 버튼이 안 눌러졌다. 정확히 말하자면 변기 버튼을 누를 정도의 힘이 내 손가락으로 들어가지지가 않았다.

다시 힘을 주어 힘껏 변기 버튼을 눌렀다. 여전히 힘이 들어가지 않았다.

'아, 미치겠네.'

나는 두 손으로 있는 힘껏 변기 버튼을 눌렀고, 콰르르 하며 변기에서 물이 내려가려는 순간 또다시 눈앞이 컴컴해졌다. 그리고 눈을 떴을 때,

또다시 나는 화장실 바닥에 쓰러져 있었다.
너무나 깊고 조용한 새벽 화장실에서는 내가 눈 깜박이는 소리마저 들리는 것 같았다. 화장실 바닥에 쓰러진 채로 눈만 깜박거리며 나는 또다시 벌어진 이 상황에 대해 생각해보았다.
아무리 기억을 되짚어봐도 역시 기억나는 것이 없었다.

나는 다시 세면대를 붙잡고 조심스레 일어나 거울을 보았다. 어깨와 팔에 멍이 들고 부분 부분 살갗이 까져 있었다. 나는 생각했다.
'내가 요즘 진짜 피곤한가 보다.'

세 번째 리허설

두 번 정신을 잃었지만, 지금 생각해보면 참 미련한 나는
그 모든 게 그저 피곤해서라고 생각했다. 그 당시 수면 부
족에 끼니도 제때 못 챙겨 먹고 많은 스케줄을 하던 때였
기 때문이다.
그러던 어느 날 황금 같은 하루의 휴가를 받았다. 보통 앨
범이 나오면 2~3개월간은 쉬는 날이 단 하루도 없을 때
가 많다. 그러니 어쩌다 하루 스케줄이 없는 날은 말 그대
로 '황금 같은' 휴가여서 정말 많은 계획과 설렘으로 가득
차게 된다.

그날 나는 어머니 아버지를 뵈러 부모님이 사시는 일산으
로 갔다. 그동안 밀린 얘기도 나누고 간만에 오순도순 즐
거운 시간을 보낸 후 다시 집으로 돌아오는 길.
퇴근 시간이라 그런지 강변북로에는 차가 많았다. 나는
음악의 볼륨을 높이고 차창 밖 한강의 야경을 보며 느긋
하게 집으로 향하고 있었다.

건너편에 63빌딩이 보이는 여의도쯤 왔을 때, 그런데 몸이 뭔가 또 이상해지려는 낌새를 느꼈다. 머리보다 몸이 먼저 이상을 감지한 것이다.

바로 갓길에 차를 대고 비상등 버튼을 눌렀는데 아니나 다를까. 또다시 눈앞이 컴컴해지면서 그 고통스럽고 공포스러운 두통이 시작되었다.

나는 절규하다시피 비명을 지르며 차 안에서 뒹굴기 시작했다. 차 안의 음악 소리와 비상등 깜박거리는 소리마저 고통스럽게 느껴졌다. 그 어지럽고 고통스러운 상황에서도

'아, 정말 죽고 싶을 정도로 너무 아프다.'

'여기는 강변북로다.'

'63빌딩이 보인다.'

'차가 막히길 다행이다.'

'내 이름은 백성현이다.'

'부모님은 일산에 사신다.'

'내 강아지 이름은 아들이다.'

...

......

....

그 밖에 별의별 생각들이 아픈 머릿속을 꽉 채웠다. 그건 내가 생각을 하려고 해서 하는 것들이 아니라 나 자신도 모르게 스스로 올라오는 생각들이었다.

그렇게 두통약도 없는 차 안에서 뒹굴다가 어느 순간 잠이 들었다.

다시 정신이 든 건 내 차 옆을 쌩쌩 지나가는 자동차 소리 때문이었다. 밤 10시 반, 3시간가량을 차에서 잠들었다는 걸 알게 되었다.

이미 교통 정체는 끝이 나 있었고 차들은 여유 있게 빠른 속도로 강변북로를 달리고 있었다.

그 도로 위엔 오로지 내 차만이 멈춰서 비상등만 깜박깜박거리고 있었다.

그 도로 위엔 오로지 나 혼자만 멈춰서 양쪽 눈만 깜박깜박거리고 있었다.

나는 생각했다.

'내가 요즘 진짜 피곤한가 보다.'

마지막 리허설

여느 때와 다름없이 하루 종일 스케줄을 하고 새벽에 들어온 어느 날, 배가 고파 냉장고를 뒤져봐도 마땅히 먹을 만한 게 없었다. 혼자 시켜 먹기도 그렇고 뭐 해 먹기도 귀찮고. 그때 식탁 위 카스텔라 봉지가 눈에 들어왔다.
'그래, 저거나 먹고 얼른 자자.'

카스텔라의 얇고 투명한 포장지를 뜯으려는 찰나, 또다시 손에 힘이 풀렸다. 나는 손을 쥐었다 폈다 몇 번 반복하고는 다시 손에 힘을 주었다. 그러나 내 손은 그 얇은 포장지를 뜯을 힘조차 주어지지 않았다.
한참을 가만히 카스텔라만 응시하다가 테이블 구석에 놓인 이쑤시개를 꺼냈다. 이쑤시개를 카스텔라 봉지에 찔러 넣고 한참을 씨름하다 겨우겨우 봉지를 벗겨낸 순간, 포장지가 벗겨짐과 동시에 이리저리 헤집고 있던 내 손에 밀려 카스텔라가 식탁 아래로 떨어졌다.

나도 바닥에 주저앉았다. 갑자기 눈물이 한 방울 두 방울

쪼르르 흘러내렸다.

왜 자꾸 이런 일이 벌어지는 건지.

이럴 때 끼니 챙겨줄 누군가가 함께 있다면 참 좋겠다.

그런 생각들을 하다가 오기가 발동했다.

'기필코 내가 이거 먹는다.'

하지만 아무리 손가락으로 쥐어 잡아도 조금도 카스텔라를 들어 올릴 수 없었다. 그때 카스텔라는 나에게 더 이상 계란으로 만든 촉촉하고 가벼운 빵이 아닌, 무게가 족히 5kg은 되는 벽돌 덩어리였다.

한 입 또 한 입.

바닥에 뒹굴어져 있는 카스텔라 쪽으로 내 몸을 숙여 입을 갖다 댔다. 손은 쓰지 못했기 때문에 입으로만 카스텔라를 먹었다. 나는 이미 아까부터 울고 있었는데, 야속한 카스텔라는 뚝뚝 떨어지는 내 눈물이 자기 몸에 닿기가 무섭게 눈물을 흡수해버렸다.

딱 두 가지 생각만 들었다.

첫째 특별한 반찬 없어도 엄마가 집 반찬 대충 올려서 차려주시는 따뜻한 집밥이 먹고 싶다.

둘째 내가 요즘 진짜 피곤한 게 아니었구나.

내 몸에 뭔가 문제가 있구나.

감사한 교통사고

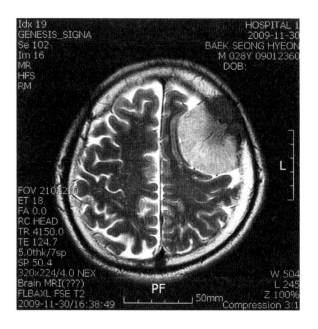

친한 지인 분의 결혼식에 들렀다가 집으로 돌아가는 택시 안이었다(강변북로에서 운전을 하다 정신을 잃은 후부터는 무서워서 택시나 대중교통을 이용하던 때였다). 뒷좌석에 앉아 음악을 들으며 멍하니 창 밖을 보고 있는데 갑자기 쿵 하고 다른 차가 내가 타고 있던 택시를 들이받았다.

다행히 큰 사고는 아니어서 사고 수습은 별 문제없이 이뤄졌지만 운전기사님은 혹시 모르니 내일 병원에 가보라고 말씀하셨다. 당시는 대수롭지 않게 생각했는데 다음날 일어나니 분명 어제보다 목이 아팠다. 나는 엑스레이나 찍어볼 생각으로 동네 병원을 찾았다.

접수를 하고 지하 방사선과에 내려가 엑스레이를 찍었다. 그런데 어떤 분이 오시더니 CT 촬영을 했으면 좋겠다고 하셨다. 나는 그 정도로 아프진 않다고 대답했지만 그래도 찍어보라고 계속 말씀하셔서 등 떠밀리듯 CT를 찍게 되었다. 이젠 됐겠지 싶었는데 또 다른 의사가 나를 부르더니 MRI 촬영을 해보라고 했다.

'이 사람들 나한테 장사하나?'

하긴 태어나 단 한 번도 MRI 같은 거 찍어본 적 없는데 그냥 한번 찍어보자는 생각으로 MRI까지 찍게 되었다. 엑스레이, CT, MRI 이 세 가지를 다 찍고 나서 2층 대기실에서 기다리고 있으니 간호사가 "백성현 환자 분 들어오세요"라며 나를 불렀다.

의사 선생님은 단번에 나를 알아보시고는 인사를 건네셨다. 나도 반갑게 인사를 드리고 나서 왜 CT와 MRI까지 찍었는지 물어보았다. 의사 선생님의 표정은 너무나도 심각했다.

백 선생님 왜 그러세요? 왜 그렇게 심각한 표정 짓고 계세요? 무섭게시리.
의 하… 아…… 휴…… 이거… 저… 이걸 뭐라고 말씀을 드려야 할지…….
백 네? 왜 그러시는 건데요?
의 휴우…… 진짜 말씀드려도 될까요?
백 네, 편하게 말씀하세요. 그리고 계시는 게 더 무서워요.
의 ………….

의　저… 그게… 백성현 환자 분은… 뇌종양입니다.

하아…… 어쩌다 제가 이런 말씀을 드리게 됐는지 어쩌구 저쩌구…… (그 이후 의사 선생님이 하신 말씀이 잘 기억나질 않는다).

백　………………………………………………………………

10분 정도, 의사 선생님과 나는 한마디도 나누지 않았다. 그러다 내가 입을 떼었다.

백　선생님, 제가 의학적 지식이 없어서 잘 모르지만요, 암이나 백혈병, 뇌종양 그런 병들은 뭔가 위험하고 무서운 병 아닌가요?

의　네, 그렇죠.

백　그럼 전 이제 뭘 어떻게 해야 하는 건가요?

의　빨리 뇌종양 수술 전문의가 있는 큰 병원을 알아보시고 수술 날짜를 잡으셔야 합니다.

백　이게, 그러니까 뇌종양이라는 게 정확히 무슨 병인데요?

의　암이 뇌에 생겼다고 보시면 되는데요, 보통 2cm 정도까지는 주사나 약물로 없앨 수도 있는데 백성현 씨 같은 경우에는 종양 지름이 7cm 정도 되니까 테니스공 만 한 종양이 좌뇌를 누르고 있다고 보시면 됩니다. 이대로 계속 있다가는 종양에 밀린 좌뇌가 우뇌마저 밀어버리게 되니 지금이라도 하루빨리 수술을 하셔야 합니다.

백 그럼 수술하면 괜찮아지는 건가요?

의 그건 지금 제가 여기서 말씀드릴 문제는 아닌 것 같고 요, 큰 병원 가셔서 담당 의사 분께 여쭤보는 게 더 정 확할 것 같습니다. 하필 제가 이런 말씀을 드리게 돼 유감입니다.

백 아닙니다. 수고하세요.

병원을 나왔다. 이제껏 내 몸에서 나타났던 징후들의 이 유를 나는 그제야 알게 되었다.

갑자기 머릿속에서 이런저런 생각들이 봇물 터지듯 쉴 새 없이 쏟아져 나왔던 것이 어슴푸레 기억난다. 하지만 지 금 내 기억 속에 남아 있는 건 쌀쌀한 늦가을 바람이 참 시렸다는 것이다.

나는 정신 나간 사람처럼 멍하니 가던 길을 계속 걸었다.

고민

며칠간 집 밖에 나가지 않았다. 모든 게 두렵고 무서웠다. 포털 사이트들을 검색하며 뇌종양이라는 병에 대해 알아보기만 일주일 가까이. 문득 이런 것들이 다 무슨 소용인가 싶은 자포자기와 절망이 나를 휩쌌다. 그러다 고대 병원에 의사로 있는 친구에게 전화를 걸었다.

황　여보세요?
백　어, 나야, 성현이!
황　그래, 오랜만이다. 잘 지내?
백　응, 그럼. 잘 지내지!

이런저런 안부를 묻고 나서 나는 조심스레 친구에게 말을 꺼냈다.

백　있잖아, 내 친구가 뇌종양이라는 병에 걸렸는데 어느
　　병원으로 가야 하고 어떻게 해야 할까?

황 니 친구 중에? 친구 누구?

백 넌 모르는 친구야.

황 그래? 아이고 어쩌다가 뇌종양에 걸렸다니. 우리 병원도 뇌종양 수술 잘하시는 교수님이 계시거든. 그 친구 나이는 우리랑 동갑일 테고. 남자야 여자야?

백 남자.

황 걸린 지 얼마나 됐는지 알아?

백 대략 5~6년 전부터 종양이 생긴 거라던데.

황 그래? 음. 친구 키가 얼마 정도 돼?

백 나랑 비슷해. 187 정도.

황 ……………………

백 왜?

황 설마… 너 아니지?

백 아니야.

황 근데 너 목소리가 왜 그래?

백 뭐가. 감기 걸려서 그래.

황 괜찮아, 성현아, 솔직히 말해봐.

백 뭘 솔직히 말해?

황 야, 백성현, 뭐야? 어떻게 된 거야?

전혀 티를 안 낸다고 했는데도 친구는 뇌종양 걸린 친구가 나라는 걸 알았다. 나는 자초지종을 얘기했고 친구는 최대한 나를 안심시키려 노력하고 있었다.

황 그거 아무것도 아니야. 감기 같은 거야.

내가 아무리 의학 지식이 없다 해도 뇌종양을 감기 정도라고 말하다니. 나는 한편으로 어이가 없었고 한편으로는 너무나 고마웠다.

친구는 뇌종양 수술을 잘하는 교수님이 계시다는 병원 두 군데를 추천해주면서 어떻게 예약을 하고 진찰을 받아야 하는지 친절하게 알려줬다. 나는 전화를 끊고 곧바로 두 군데 병원에 전화를 걸어 그중 진찰일이 빠른 날짜의 병원으로 예약을 잡았다.

그러고 났는데 바로 다시 전화가 걸려왔다. 당연히 그 친구일 거라 생각하며 전화를 받았는데, 그는 다른 남자였다.

기 빽가 씨, 나 xx일보의 xxx기자야. 알지?

백 아 네. 안녕하세요.

기 아… 이거 참… 어떻게, 몸은 괜찮아요? 아니 어쩌다가… 참… 휴….

백 네? 무슨 말씀하시는 건지?

기 다 듣고 알고 전화한 거예요.

백 네? 뭘 듣고 뭘 아신다는 건지?

기 에이, 선수끼리 왜 이래? 병원 쪽에 아는 사람이 있는
　　 데 그쪽에서 연락 받았어. 뇌종양이라며?

선수끼리라니. 그저 기삿거리를 잡았다는 듯 아무렇지 않
게 말하는 기자. 나는 당황스럽고 어이가 없었지만 끝까
지 침착하기로 마음먹었다.

백 에이, 아니에요. 그거 잘못 아신 거 같은데요. 저 멀쩡
　　 해요.

기 그러지 말고 차분히 나한테 얘기해봐요. 내가 잘 정리
　　 해줄게.

그는 정말 모든 걸 다 알고 있는 것 같았다. 나는 더 이상
이런 쓸데없는 실랑이를 하고 싶지 않았다. 그의 목소리
를 듣고 있는 것만으로도 기분이 더러웠다.

백 그럼 조금만 기다려주세요. 제가 아직 스스로도 정리가 안 되는 상황이라 뭐라고 말씀을 드려야 할지 모르겠어요. 생각이 정리되고 뭔가 알려야겠다는 계획이 생기면 가장 먼저 인터뷰해드릴게요. 그러니 당분간 비밀을 지켜주시고 시간을 좀 주세요.

기 그래요. 그럼 빨리 정리해서 나한테 연락줘요. 몸조리 잘 하고.

마치 알몸으로 그의 앞에 서 있는 것 같은 기분이었다. 치욕스럽고 불쾌했다. 이제 어떻게 해야 하나.
그런데 곧이어 또 다른 전화가 걸려왔다.

기 빽가 씨. 나 xxxxx의 xxx기자예요. 얘기 들었어요. 나 한 번만 살려줘요. 내가 진짜 잘 써줄 테니까 나한테 기회 한 번 주지 그래? 한 번만 살려줘. 나한테 인터뷰해줘요 네?

나는 전화를 끊어버렸다. 뭘 살려달라고 하는 건지? 내가 뇌종양 걸린 걸 자기와 인터뷰하지 않으면 그가 죽는다는 건가?

그 이후 이틀간 모르는 번호의 전화가 끊이지 않고 걸려
왔다. 사람 목숨 가지고 다들 뭐하자는 건지.

이틀 뒤, 처음 통화했던 기자에게 문자가 왔다.

'빽가 씨 더 이상은 못 기다려. 내일까지 인터뷰 안 하면
나 그냥 내가 아는 선에서 기사 터뜨릴 테니까 그런 줄 알
아요. 연락 기다릴게요.'

분노로 폭발할 것 같았지만 내 분노보다 더 중요한 게 있
었다. 나의 사람들에게 이 일을 기사로 먼저 알게 해서는
안 된다는 것이었다.

나는 내 병을 꼭 알려야 하는 사람들의 리스트를 작성하
기 시작했다. 리스트를 써 내려가면서도 그들에게 뭐라고
말해야 할지 내 머릿속은 백만 가지 생각과 고민으로 가
득 차 낭떠러지 끝으로 몰리는 심정이었다.

그렇게 대략 7~8명의 리스트가 완성되었다.

리스트

내가 뇌종양에 걸렸다는 기사가 나가기 전에 먼저 알려줘
야 할 사람들의 리스트다.

가족

종민이 형

신지

지훈이

홍시

타블로

김종완

제일 먼저 엄마에게 전화를 걸어 태연하게 말을 꺼냈다.
"엄마, 나 머리에 뾰루지 같은 게 생겼는데 이게 안쪽이라
좀 짜야 해서 혹시 기사가 어떻게 나와도 믿지 마요. 기사
는 원래 작은 일도 크게 부풀리고 오보도 많으니까 혹시
라도 이상한 기사 나와도 신경 쓰지 마요. 나 완전 멀쩡하
고 아무렇지 않으니까. 아빠한테도 잘 말씀드리고. 알았

지?"

휴, 일단 가장 큰 불은 껐다.

그리고 종민이 형에게 전화를 걸었다. 형한테는 솔직히 말해야 할 것 같았다.

"형, 나 성현이요. 있잖아 내가 좀 아파요."

"어디가 아픈데?"

"뇌종양이래요."

"뭐? …… 빽가야 일단 침착하고 다 괜찮아질 거니까 약해지거나 겁먹지 말고. 다 괜찮아질 거야. 신지한테는 내가 얘기할 테니까 넌 신경 쓰지 마. 알았지?"

"네, 형."

그리고 지훈이와 홍시였는데, 그때 두 사람은 자카르타에 공연을 하러 가 있는 상황이었다. 공연해야 하는데 혹시라도 신경 쓰일까봐 지훈이에게는 전화를 하지 않고 홍시에게만 전했다. 홍시는 알겠다며 지훈이나 사람들에게는 말하지 않겠다고 했다.

블로는 얘기를 듣고는 기다리라고 하더니 곧 미쓰라와 넬 멤버들을 데리고 집으로 찾아왔다. 그들은 나에게 힘이 되는 말을 해주며 격려와 안심을 주려 안간힘을 쓰고 있었다.

그렇게 나의 사람들에게 나의 얘기를 해주고 나니 한편으로는 속이 시원하면서도 또 한편으론 불안한 마음이 더욱 커져만 갔다.

다음 날 오후, 그 기자는 문자로 말한 대로 자기 임의대로 기사를 썼고 나는 포털 사이트마다 검색어 1위를 유지하게 되었다. 내 전화기의 벨소리와 진동은 일주일가량 멈추지 않았다.
결국 나는 쓰던 폰을 꺼버렸고 동생에게 새로운 폰을 사다달라고 부탁했다. 그리고 새로운 전화기로 꼭 필요한 사람들과만 연락하며 집에 처박혀 다가오는 병원 검사 날만을 기다렸다.

검사

하루 전날부터 금식을 하고 찾아간 병원.

접수대를 시작으로 가는 곳마다 다음 검사 장소로 가라 했고, 마치 미션을 수행하는 것처럼 병원 여기저기를 돌아다니며 혈액 채취만 7번 정도를 했다.

이어서 MRI 촬영, CT 촬영, 엑스레이 촬영, 그리고 몸에 무슨 약을 넣고 이름도 잘 모르겠는 어떤 촬영을 했는데 몸이 불덩이처럼 뜨거워지는 그 약은 견디기가 무척이나 힘들었다(그 약은 조영제였다. 몇 년이 지난 지금이지만 생각만으로도 그 고통이 느껴져 그때의 내가 가엾게 느껴지는 다시는 하고 싶지 않은 검사다).

그렇게 하루 종일 많은 양의 피를 뽑고 수십 가지의 검사를 끝내고 나니, 병원에서는 며칠 뒤 검사 결과를 받으러 오라며 또 한 번 미션 날짜를 전달해줬다. 병원을 나설 때, 나는 완전히 녹초가 되어 있었다.

집으로 돌아오는 길, 그래도 뭔가를 하고 왔다는 마음이

들긴 했다. 하지만 어둡고 텅 빈 내 방에 들어서니 또다시 현실이 나를 찾아왔다. 그런 검사는 당연히 해야 하는 것이고, 검사로는 어떠한 치료도 된 것이 아니라는 생각과, 나는 뇌종양에 걸려 살지 죽을지도 모르는 커다란 고민을 하는 외롭고 지친 사람일 뿐이라는 현실.

지친 몸을 침대에 기댄 채 천장을 바라보며 사랑하는 사람들을 떠올려보았다. 그리고 이런 생각을 했다.

내가 죽으면 사람들이 슬퍼할까?

내가 죽으면 이 사람들이 나의 장례식에 와줄까?

내가 죽으면…

내가 죽으면………
내가 죽으면……………….

악플

수많은 생각으로 밤을 꼬박 새고 해가 뜬 지도 한참 되었을 때, 종민이 형에게 전화가 왔다. 검사는 잘 받았는지 이러저러한 것들이 걱정이 되었나 보다. 형은 계속 용기와 위로의 말을 해주다가 말미에 이런 당부를 하였다.

"지금 인터넷에 온통 니 기사들인데 웬만하면 인터넷 보지 말고 기사도 보지 말고 댓글 같은 건 더더욱 보지 마."

나는 알았다고 하고 전화를 끊었다.

사실 병원에서 뇌종양 진단을 받은 날부터 나는 컴퓨터도 텔레비전도 모든 것을 끊은 채 병원 외에는 문 밖으로 나가지도 않고 시계 초침 소리만 들리는 어두운 방 안에서 수천만 가지의 생각만으로 지내고 있었다.

그런데 종민이 형과 통화가 끝난 후 궁금해졌다. 오랜만에 컴퓨터를 켰다. 기사가 난 지 꽤 지났는데도 내 이름과 병명이 실시간 검색 순위권에 있었다.

딱 하나만 보자는 생각을 하고 수많은 기사 중 기사 하나를 클릭했다. 50퍼센트 정도는 사실대로 적혀 있던 그 기사를 읽고 나니 댓글이 궁금했다.

사람들이 나를 걱정하고 있을까?

솔직한 내 마음은, 그 궁금증은 이미 갖고 있던 것이었다. 안 좋은 댓글이 있으면 어쩌지 싶으면서도 설마 내가 이런 병에 걸렸는데 악플을 달았겠어? 하는 생각이 뒤따랐다. 그래 딱 하나만 보자.

스크롤을 세게 내려 중간쯤에 있던 댓글 하나를 보았다. 나는 꽁꽁 얼어버렸다. 갑자기 소름이 끼쳤다.

그 댓글을 읽은 이후로 수술이 끝나고 퇴원할 때까지 나는 단 한 줄의 인터넷 기사도 댓글도 읽지 않았다. 심적으로 육체적으로 나약해질 대로 나약해져 있던 그때의 나에게 그 댓글 하나는 나의 희망과 기대와 긍정적인 모든 마음을 무너뜨리는 그런 것이었다.

'고인의 명복을 빕니다.'

눈에서 눈으로

아버지에게 전화가 걸려왔다. 나는 목을 가다듬고 침착하게 그리고 밝게 전화를 받았다.

백 여보세요?

아 성현아 엄마한테 얘기는 들었는데, 요새 난무하는 이 기사들 이거 도대체 뭐냐? 너 진짜 괜찮은 거냐? 네가 말했던 뽀루지라는 거 그게 맞는 거냐?

백 그럼요. 걱정하지 마시라니까요. 그리고 인터넷 기사 그런 거 보지도 믿지도 마세요.

아 나는 너를 믿는데 이번 일은 잘 모르겠다. 아무래도 안 되겠다. 내가 네 눈을 보고 얘기해야겠다. 지금 엄마랑 집으로 갈 테니 기다려라.

나는 또 한 번 초긴장감에 휩싸였다. 어리석게도 나는 끝까지 부모님을 속일 수 있을 거라 생각했다. 그만큼 부모님께 걱정을 끼쳐드리고 싶지 않은 마음뿐이었다(지금 돌이켜 생각해봐도 말씀을 드리지 않는 것도 말씀을 드리는 것도 어떤 것이 잘하고 잘못한 것이라고 딱 잘라 판단하기가 어렵다).

나는 집을 대충 정리하고 샤워를 하고 면도도 한 후 말끔하고 깔끔한 모습으로 부모님을 기다리고 있었다. 어떻게 말해야 할지 어떤 표정으로 얘기해야 하는지 절대로 흔들리거나 떨지 말자고 몇 번이나 연습을 하고 있었다. 누구보다 나를 잘 아시는 당신들이기에 나는 눈빛 하나 목소리 하나 흔들리면 안 되었다.

띵똥.
초인종이 울렸다. 나는 한숨을 한 번 크게 내쉬고 굳은 맘을 먹고 큰 소리로 "네! 오셨어요?" 하며 문을 열었다.
문이 열리는 순간, 그 찰나의 순간, 아버지와 엄마의 눈빛이 정확하게 내 눈과 마주쳤고, 그 눈빛에 나는 두 분이 문을 다 열기도 전에 울음이 터져 나와 그 자리에 주저앉아 미친 듯 목놓아 울고 말았다. 부모님께 걱정을 안 끼치려 그렇게 연습에 연습을 거듭하며 마음을 단단히 먹고 있었는데, 부모님의 눈빛 한 번에 나는 주저앉아 초등학교 시절 어릴 때처럼 엉엉 울고만 있었다.
덩치도 큰 게 현관 입구에 주저앉아 울고 있으니 부모님은 집 안으로 들어오시지도 못한 채로 나를 안아주셨다. 두 분의 따스한 손길과 함께, 두 분의 눈에서 눈물이 흘러

내 목 위로 등으로 따뜻하게 흘러내리는 것이 느껴졌다.

뇌종양 진단을 받았을 때도, 병원에서 검사를 받고 돌아
왔을 때도, 기자들이 전화를 걸어와 협박하듯 말할 때도,
텅 빈 방에 혼자 있을 때도, 부모님이 가장 보고 싶었다.
입맛이 없어도 엄마가 해주는 밥만은 먹고 싶었다. 1분 1
초 모든 순간에 부모님께 위로 받고 싶고 기대고 싶었다.
그런데 어쩐 이유에서인지 나는 그럴 수 없었다. 그리고
지금, 그간 서럽고 무섭고 떨리던 모든 순간들의 감정이
한꺼번에 북받쳐 올라오는 것 같았다.

그날 엄마 아버지 나 우리 셋은 어떠한 말없이 부둥켜안고
그저 눈물만 흘렸다.
이제 두 분이 진실을 알게 되셨고 나는 의지할 곳이 생겼
다. 그날은 조금 편하게 잠을 잘 수 있었다.

2009년 12월 9일 일기

두려움과 공포로 가득한 마음에 희망만을 생각하는 일.

꽃도 풀도 나무도 피고 지고 또 피어나는 법이니

어떤 사람도 또다시 피어나겠지.

믿겨지지 않는 모든 상황을

먼 훗날엔 웃으며 얘기할 수 있겠지.

어떤 사람은 아주 강한 사람이니까.

나름 말도 안 되는 산전수전 겪고도 잘 견뎌왔으니까.

언제나 그랬듯이 모든 것이 결국엔 다 잘되겠지.

그리고 다시 악착같이 살아야겠지.

하지만 쉽지 않은 건 사실이야.

하얀 가운을 입은 아저씨는 운전도 하지 말라 하고

어느 날부터인가 두통과 현기증에 익숙해지고

영화의 한 장면처럼 정신을 잃고 기절도 해보고

눈을 떴을 땐 멍투성이로 만신창이가 되어 있기도 하고

그렇게 본의 아니게 비밀을 가지게 된 채로 보내게 된

지옥 같은 하루하루들.
마치 미친 사람처럼
웃다가 울다가
또 웃다가 울다가.

그래도 힘내라 어떤 사람아.
보란 듯이 이겨내서 멋지게 다시 시작하거라.
꼭 그러자.
꼭 그래야 하니까.
다 잘될 테니까.
다시 밝게 더 멋지게 태어날 테니까.
그렇게 기도하고 있으니까.
난 백성현이니까.

하지만 두려운 건 사실이야.

–

새해 해돋이를 보러가자는 지훈이의 전화에
마지못해 끌려 나간 2010년 새해 첫날.
무심히 바라본 한강은 추운 날씨에 꽁꽁 얼어붙어
조각조각 얼음덩어리가 되어 있었다.
처음 보는 한강의 모습이었다.
나는 주머니에서 핸드폰을 꺼내
지금 이 순간을 잊지 않으려 한강을 촬영하고
지훈이와 얼굴을 맞대고 사진을 한 컷 찍었다.
그리고 속으로 기도했다.

'하나님, 꼭 수술 잘되게 건강하게 해주세요.
그래서 날씨 좋은 여름날 좋은 사람들과
한강으로 소풍 올 수 있게 해주세요.'

수술 날짜

입원을 했다. 수많은 검사를 받았다.
웬만한 검사가 거의 끝날 무렵 수술 날짜가 잡혔다.
2010년 1월 21일.

당연히 받아들여야 하는 것인데도 막상 수술 날짜를 받으
니 나의 감정은 또 한 번 복잡한 소용돌이에 휘말리게 되
었고 심하게 긴장하기 시작했다.
긴장의 이유는 크게 두 가지였다.
첫째, 두개골을 열고 뇌를 꺼내서 하는 대수술이라는 그
자체로 긴장.
둘째, 만약 수술 후 경과가 좋지 않게 되어 문제가 생기는
상황에 대한 두려움 섞인 긴장.

뇌 사진을 몇 번이나 찍고 수많은 검사를 한 후였는데도
불구하고 의사 선생님께서는 매번 위험한 상태라고 하셨
다. 어쩌다 한 번쯤은 좋게 얘기해주실 수 있을 법한데도
인상 좋으신 의사 선생님은 병에 관련된 대화에서는 항상
정확하고 냉정하게 말씀하셨다.

가장 큰 걱정은 뇌의 정맥 부분에 종양이 빨려 들어가 있어서 뇌에 정맥과 함께 붙어 있는 종양은 껌을 떼어내듯 손으로 일일이 다 떼어내야 하는 것이었다. 그런 말을 들으니 긴장은 더욱 고조됐다. 수술이 잘못되면 어떻게 해야 하나 몸과 마음이 혼란스러웠다.

교만한 나는 그때부터 평소보다 더욱 많은 기도를 했다. 병원에서는 식사와 검사 외에는 딱히 할 게 없었기에 나는 병실 안에서 기도와 생각 그리고 침묵으로, 보이지 않고 들리지 않는 수많은 감정을 호소하며 지냈다.
기도를 하다 보면, 어느 날은 마음이 너무 평안해져 모든 것이 잘될 거라는 희망에 부풀어 마음에 안정이 찾아오기도 했고, 어느 날은 두려움에 사로잡혀 딱히 정해지지 않은 누군가를 원망하며 베개에 얼굴을 처박고 서럽게 몇 시간을 펑펑 울기도 했다.
그렇게 수술 전까지 나는 감정의 기복이 잡히지 않은 상태로 조울증 말기 환자처럼 하루하루를 보내며 수술 날짜만 기다리고 있었다.

기도

수술을 하기 위한 수많은 검사들을 모두 마쳤다. 하룻밤
만 자고 나면 나는 뇌 수술을 하게 된다.

수술 전날 저녁, 신지와 종민이 형이 찾아와 위로와 희망
의 말들을 해주었다. 나는 시종일관 웃으며 목소리 톤을
올려 얘기를 했다. 그들의 걱정을 덜어주고 싶었다.

밤이 되자 엄마와 동생 광현이, 오랜 친구 주호가 찾아왔
다. 이런저런 얘기를 나누던 중, 간호사가 들어와 우리를
어딘가로 데리고 갔다. 간호사는 아무런 설명이 없었지
만, 그곳이 무엇을 하는 곳인지, 왜 이 세 사람과 함께 그
곳으로 가는지 직감으로 알 수 있었다. 수술동의서를 작
성하기 위해서였다.

의사 선생님은 엄마에게 이러저러한 서류들을 전해주며
읽고 사인을 하라고 했다. 나는 읽지 않았다. 읽지 않아도
그 안의 내용들을 알 수 있었기 때문이다. 수술 중 사망하
거나 수술 후 장애나 그 어떠한 후유증이 와도 병원 측은
책임이 없다는 내용이겠지.

엄마가 서류를 읽는 동안 사무실 안에는 아무런 소리도 들리지 않았다. 침착히 그리고 담담히 서류를 읽어보시던 엄마는 펜을 꺼내 사인을 하셨다.

그러고 나자 의사는 세상에서 제일 냉정한 말투로 서류의 내용들을 다시 한 번 설명해주기 시작했다. 수술 중 죽을 수 있는 확률, 내 경우 종양의 위치가 좌뇌이기 때문에 오른쪽 몸에 마비가 올 확률, 시력이 잃게 될 확률……. 수많은 상황들에 대한 의사의 설명이 이어질수록 세 사람의 얼굴은 점점 일그러졌다.
그 와중에도 나는 계속 웃고 있었다. 그러나 사실, 가운데에 앉아서 의사와 내 소중한 세 사람을 지켜보는 것은 여간 힘든 것이 아니었다.

비단 내가 죽거나 장애가 올까봐 두려워서가 아니라 세 사람이 가슴 아파하는 모습을 보고 있자니 너무 속이 상하고 화가 났다.
그래도 나는 이를 악물고 시종일관 싱글벙글 웃었다. 거기에서 내가 눈물을 보이거나 두려운 모습을 보이면 그들의 마음이 더 아플 것임을 너무나도 잘 알고 있기 때문이었다.

한참을 수술 이후의 부작용과 후유증에 대해 설명하던 의사의 말이 드디어 끝났다. 세 사람은 벙어리처럼 아무 말도 없었다. 나는 밝게 미소 지으며 목소리 톤을 올려 의사에게 말했다.

"선생님, 그래도 마음가짐이 가장 중요한 거잖아요.
제가 수술이 잘될 거라고 희망적으로 마음을 먹는다면 수술이 잘돼서 다시 건강해지지 않을까요?"

의사가 대답했다.

"그건 모르는 거죠.
그런 건 다 미신이고 과학적으로 증명된 게 아니니까.
백성현 환자가 마음을 긍정적으로 먹고 희망찬 생각을 한다고 해서 수술이 잘되는 건 아니에요."

'개새끼.'

나는 속으로 욕을 했다. 그가 한 말이 맞는 말이기 때문에 속으로 할 수밖에 없었다. 나는 제발 그 대답만큼은 그가 반대로 말해주기를 간절히 바라고 바랐던 것이다.

더 이상 말을 할 수 없었다. 무거워진 마음과 무거워진 발걸음으로 터벅터벅 병실로 돌아올 수밖에. 세 사람에게도 혼자 있고 싶으니 돌아가 달라고 말했다.
자정을 넘긴 시간. 나는 샤워를 하고, 침대에 올라가 무릎을 꿇고 기도하기 시작했다.
수술 잘되게 해달라고. 건강하게 해달라고.
그런데 마지막에는 이런 기도가 나왔다.

장애가 오더라도,
반신마비가 되더라도,
그 어떠한 것도 좋으니,
한쪽 눈 하고 오른쪽 검지손가락만은 남겨달라고.

진심으로 나는 마지막 기도를 그렇게 드렸다.

다시는 무대에 설 수 없더라도,
휠체어를 타든 목발을 짚든,
다 좋으니,
살려주실 거면
사진은 찍을 수 있게
한쪽 눈과 오른쪽 검지손가락만은
제발 남겨달라고.

침대에 누웠다.
이상할 정도로 마음이 편안해져 오히려 다른 날보다 훨씬
수월하게 잠을 잘 수 있었다.
이제 몇 시간 후면 나는 뇌 수술을 받는다.

D-Day

아침 6시 30분쯤 남자 간호사 2명과 여자 간호사 1명이 들어와 조심스레 나를 깨웠다. 숙면을 취했다고 생각했지만 몸은 그렇지 않았던가 보다. 긴장한 몸은 눈을 뜨자마자 비몽사몽의 단계를 건너뛰어 곧바로 나를 제정신으로 만들어놓았다.

간호사가 건네준 수술복으로 갈아입고 나자 엄마 아빠가 병실로 들어오셨다. 두 분의 표정은 내가 30년 동안 처음 보는 것이었다. 걱정과 근심과 두려움이 두 분의 얼굴에 고스란히 드러나 있었다.

나는 오셨냐며 아무렇지 않은 듯 반갑게 인사를 건넸다. 하지만 두 분은 아무런 말씀을 하지 않으셨다. 나도 인사 외에는 두 분께 말을 건네지 않았다. 병실 안에는 정적이 맴돌았다. 얼마나 그렇게 있었을까. 간호사가 다시 들어왔다. 이제 수술실로 가겠습니다.

그때부터 심장이 두 배로 빨리 뛰기 시작하면서 내 심장

소리가 너무 크게 들려왔다.

바퀴 달린 들것 위에 조심스레 누웠다. 1월이었기에 병원 안을 맴도는 차가운 공기가 펑퍼짐한 수술복 여기저기로 타고 들어와 긴장된 나를 더욱 긴장하게 만들었다.

간호사들 뒤로 엄마 아빠의 모습이 간간이 들어왔다. 두 분은 여전히 아무런 말씀을 하지 않은 채 그저 내가 누워 있는 들것의 뒤를 졸졸 따라오기만 하셨다.

몇 분간을 이동한 후 간호사가 엄마 아빠께 "여기서부터는 들어오실 수 없습니다"라고 말했다. 나는 그곳이 수술실 앞이라는 것을 알 수 있었다.

그때 엄마가 울먹거리며 한마디를 건네셨다.

"우리 애기 엄마가 앞에서 기도하고 있을게. 다 잘될 거니까 걱정하지 마."

담담하게 말씀하셨지만 엄마의 얼굴은 일그러질 대로 일그러져 있었고 목소리는 내 심장 박동만큼 떨리고 있었다. 나는 고개를 끄덕거리고 씨익 하고 웃음을 보였다.

덜컹 문 열리는 소리가 들렸다. 그리고 몇 초 뒤 눈앞에 수술실 모습이 들어왔다. 예닐곱 사람이 마스크와 장갑을 낀 채 수술 준비를 마친 상태였다.

2~3분 동안 나는 가만히 누워 많은 생각들을 했다.

이게 마지막이라면 아직 인사를 나누지 못한 사람들이 꽤 있는데 어쩌지?
아냐. 수술이 잘돼서 사람들이 축하해주러 올 거야.
눈 떴는데 한쪽이 마비되어 있으면 어쩌지?
아냐. 나는 다시 사진을 찍을 수 있을 거야.

이렇게 대조되는 생각들로 분주해 있던 나에게 누군가 말했다. 이제 수술 시작합니다. 전신 마취에 들어갈 건데요, 호흡기 갖다 대면 숫자를 1부터 10까지 세시면 됩니다.
나는 고개를 끄덕거렸다.
수술을 한다는 게 그제야 실감이 되었다. 심장은 아까보다도 배로 뛰어 수술실 안에 내 심장 소리가 서라운드처럼 울려 퍼진다고 느낄 정도로 크게 들렸다.
그때 호흡기가 내 코와 입을 가렸다.
간호사는 나에게 숫자를 세라고 말했다.

하나

둘

셋

넷

(이상하다? 넷까지 했는데 왜 이러지?)

다섯

여섯

(여섯이다.)

일곱 여덟

(어? 난 마취에 안 걸리나?)

아홉

·······················.

중환자실1

백 성   현 환   자
백 성 현 환   자
백성현 환자

희미하게 소리가 들려왔다. 나는 눈을 뜨기 전 소리에 먼
저 깨어났다. 누군가가 내 이름을 부르며 나를 깨우는 소
리였다. 그런데 눈을 뜨려 하자 눈꺼풀의 무게가 감당할
수 없을 정도로 엄청나게 무거웠다. 몇 분간 나는 눈을 뜨
려 안간힘을 쓰며 노력했다. 그렇게 힘겹게 눈꺼풀을 들
고 눈을 떴다.

처음에는 아무것도 보이지 않고 아무 소리도 들리지 않았
다. 그때 귀가 먼저 반응했다. 띠 띠 띠 반복적으로 기계
음이 들렸다.
시력이 엄청나게 좋지 않은 나는 안경을 벗고 있던 상태
였기에 하얀 곳이라는 것 외에는 아무것도 보이지 않았

다. 나는 또다시 잠이 들었다.

다시 백성현 환자 백성현 환자 하고 나를 부르는 소리가
들렸다. 아까보다는 수월했지만 그래도 힘겹게 다시 눈을
떴다. 간호사는 나에게 안경을 씌워주고 여기가 중환자실
이라고 말해준 뒤 나갔다.
눈동자를 돌리는 것 외에는 할 수 있는 게 없었다. 몸이
전혀 움직이지 않았다. 정면에는 시계와 창문 외에는 아
무것도 보이지 않았다. 그렇게 눈만 뜬 채 하루를 보냈다.

그래도 정면에 시계가 있었기에 시간은 알 수 있었다. 그
제야 내가 살아 있다는 걸 느끼게 되었다.
울음이 터져 나왔다. 다시 깨어난다면 수많은 생각이 교
차할 거란 수술 전 예상과는 달리, 그때 나에겐 '감사' 오
직 그것뿐이었다.
몸은 아무런 반응을 하지 않았기에 눈물이 흐르지도 소리
를 내지도 못했지만, 나는 살아 있음에 감사드리며 아무
것도 느끼지 못하는 몸으로 엉엉 울고 있었다.

중환자실 2

한참을 울다가 또 잠이 들었다.

그리고 몇 시간 뒤 혼자 잠에서 깨어났다. 여전히 내 몸은 움직이지 않았지만 자다 깬 나는 습관적으로 화장실에 가야겠다는 생각이 들었고 힘겹게 눈동자를 내려 누워 있는 내 몸을 보게 되었다. 나는 당황하지 않을 수 없었다. 온갖 호스들이 마치 넝쿨처럼 내 몸을 뒤덮고 있었다. 요도에까지 호스가 꽂혀 소변을 바깥으로 배출하고 있었다. 나는 머리에 이상이 없는지 테스트를 하기 시작했다.

내 이름은?　백성현.

생년월일은?　810514

전화번호는?　…….

전화번호는?　…….

집 비밀번호는?　…….

이메일 주소는?　…….

기억이 나질 않았다.

그래도 다행이었다. 몇 가지는 기억이 났기 때문이다.

그래, 시간이 지나면 기억이 다시 돌아오겠지.

그렇게 가만히 누워 이런저런 생각을 하고 있을 때, 간호사 한 분이 들어왔다. 하루 한 번 5분간 면회가 가능한데 부모님이 면회를 오신다는 것이다.

엄마 아빠가 오신다는 생각에 기쁘면서도 이런 모습을 보여드려야 하다니 죄송스럽고 조금 더 건강해진 다음에 뵙고 싶었다. 하지만 그때 나는 말 한마디도, 작은 움직임 하나도 할 수 없는 상태였기에 그저 받아들일 수밖에는 없었다.

얼마 뒤 엄마 아빠가 들어오셔서 내 이름을 부르셨다.

두 분은 나를 보시자마자 웃으며 눈물을 보이셨다.

수술 잘 견뎌내고 다시 살아줘서 고맙다며 엄마 아빠는 웃음의 눈물을 흘리셨다.

나는 언제나 그렇듯 밝게 보이려 했지만 몸이 말을 듣지 않아 어쩔 수가 없었다. 소리 내서 말을 할 수 없던 나는 평소 두 분께 자주 드리지 못했던 말을 속으로 말씀드렸다.

엄마 아빠 사랑해요.

그리고 이런 모습 보여드려 정말 죄송합니다.

사랑해요.

사랑해요.

그 네 마디가 뭐가 그리 어려웠는지.

평소 사랑한다고 말씀드리지 못했던 것이 너무나도 죄송
스러웠다.

5분이란 시간은 전광석화처럼 지나가버렸고, 얼마 뒤 나
는 또다시 잠이 들었다.

사진 그리고 가족

다음 날 엄마, 아빠, 내 동생 광현이까지 중환자실에 누워 있는 나를 면회하러 왔다.

엄마 아빠 광현이는 내가 말을 못 하는 것을 아는지 질문은 하지 않고 당신네들의 얘기와 감정만을 일방적으로 말하고 있었다. 내용은 어제와 다르지 않았다.

그저 살아줘서 고맙다고. 수술 잘 견뎌내줘서 고맙다고.

그리고 엄마가 한마디를 더 건넸다.

"우리 성현이 빨리 일반 병실로 옮겨서 엄마가 끓여온 죽 먹고 기운 내자."

아… 엄마죽.

나는 평소에도 엄마가 끓여주는 죽을 좋아해서 아프지 않아도 종종 죽을 끓여달라곤 했다. 그때 나는 아무것도 먹고 싶지 않았는데, 엄마죽은 빨리 먹고 싶었다.

갑자기 어디서 기운이 났는지 나도 모르게 입이 열렸다. 수술 후 처음으로 말을 하게 된 것이다. 엄마를 바라보며 한 음절 한 음절.

죽…… 써…서……… 개………나………… 줘.

엄마는 그제야 밝게 웃으셨고 말씀이 없으신 아버지도 동생 광현이도 환하게 미소를 보였다.
난 괜찮다고, 그러니 가족들도 조금이나마 마음이 가벼워지길 바란다는 것을 나는 그런 식으로 전했다.
뇌종양 수술 후 첫마디가 "죽 쒀서 개나 줘"라니. 이건 뭔가 이상한 것 같긴 하지만 나의 속마음은 가족들에게 정확히 전달된 것 같았다.
엄마 아빠는 그때 내가 그 얘기를 해서 마음이 한결 놓이셨다고 요즘도 가끔 말씀하시곤 한다.

나는 동생 광현이를 바라보며 한마디를 더 건넸다.

사……
진……….
사…
진……….

동생은 내가 뭘 말하는지 알아차렸다는 듯 핸드폰을 꺼내더니 나와 내 몸, 병실을 촬영하기 시작했다. 꼴에 그래도 형이 사진한다고 어깨너머로 배웠는지 다양한 구도로 핸드폰 사진을 찍는 광현이가 대견하기도 귀엽기도 했다. 나 또한 기분이 한결 가벼워지는 듯했다.

그렇게 짧디 짧은 5분이 또 지나갔고, 나는 가족들의 뒷모습을 바라보며 인사를 하고 있었다. 가족들이 가고 난 뒤 나는 가만히 누워서 '가족'이란 단어를 두어 시간가량 생각했다.

두 가지 희망

과거의 희망, 현재의 희망, 미래의 희망.
돌이켜보니 나의 희망은 항상 한결같았다.

가족.
그리고 사진.

나의 희망의 이유가 가족과 사진인 것이 참 다행이라는
생각이 든다. 그리고 내게 삶의 원동력이자 이유인 그 둘
이 아직도 내 안에 뜨겁게 자리 잡고 있음에 감사드린다.

뇌 수술을 받고 무사히 깨어난 그날 이후, 내게 '가족'이라
는 단어는 떠올리는 것만으로 가슴을 메이게 하고 울컥하
게 만드는 존재가 되었다. 물론 사진 또한 나에게 그런 의
미이긴 하지만, 가족을 생각할 때 사진은 감히 비교할 대
상도 안 되는 천한 것이 되어버리니 사진에게 미안한 마
음이 들기도 한다.

가족.

다시 봐도 참 아름다운 단어인 것 같다.

일반 병실

일반 병실로 옮겼다.

햇살이 잘 들어오는 꽤 높은 층에 위치한 곳이어서 병원
부근 모든 동네가 다 내려다보였다. 일반실로 옮긴 후 드
디어 엄마가 싸오신 죽을 먹게 되었다. 수저를 들 힘이 없
어 아기 때처럼 엄마가 한 입 한 입 먹여주셨고 나는 겨우
겨우 음식을 넘겼다. 그래도 엄마죽은 정말 맛있었다.

엄마죽을 먹고 난 후 나는 침대에서 일어났다. 갑자기 일
어나는 나를 보시고 엄마는 놀라시며 누워 있으라고 왜
일어나느냐고 하셨지만, 나는 괜찮다고 화장실 갈 힘은
있으니 걱정 말라고 말씀드리고는 벽을 잡고 천천히 한
발 한 발 내딛으며 화장실로 향했다.
수술 후 내 모습이 궁금했다.

화장실 거울 앞에 서서 나는 한참동안 나를 바라보았다.
머리에 붕대를 칭칭 감고 탱탱 붓고 씻지 못해 꼬질꼬질
한 얼굴에 수염이 자라 있었다. 가뜩이나 못생긴 얼굴이
참 못생겨 보이는 모습이었다.

아, 내가 지금 살아 있구나.

호치키스

수술 후 5일째 되던 날, 아침 진료를 보러 오신 담당 의사 선생님께서 회복력이 좋다며 운동 삼아 오늘은 병원 복도를 한 바퀴 돌아보라고 권하셨다. 그날 오후, 나는 처음으로 병실 밖으로 걸어 나갔다.

벽을 잡고 복도를 천천히 걷는 수준이었지만, 병실을 나오니 마치 퇴원해 밖으로 나온 기분이 들었다. 그렇게 20미터 정도 갔을 때, 간호사 한 분이 나를 불렀다.

그분은 붕대를 잠깐 풀어보자며 나를 진료실 같은 곳으로 데리고 갔다. 고개를 숙인 나의 시선 안으로 피 묻은 붕대가 한 줄 한 줄 땅으로 내려가 떨어졌다(그것을 보는 기분은 별로였다).

길고 긴 붕대가 다 풀어지자, 간호사는 내 머리에 의료용 호치키스를 박아놓았는데 이걸 빼야 한다며 갑자기 호치키스를 빼내기 시작했다. 그리고 그건 너무 아팠다(나는 볼 수 없어서 몰랐는데, 수술한 부분의 두피에 200개가량의 호치키스가 박혀 있었다고 한다).

머리에서 이마로, 이마에서 눈두덩이로, 피가 흐르기 시
작했다. 나는 이를 악물고 아무 소리도 내지 않았다.
그렇게 한 시간가량 호치키스를 다 뽑고 나서 소독을 한
뒤 머리에 다시 붕대를 감았다. 나는 이 생각뿐이었다.
'복도에 괜히 나왔다.'

호치키스 덕분에 내 두피에는 20cm 정도의 수술 흔적(흔
히 땜통이라 불리는 것)이 죽을 때까지 남게 되었다. 지금이
야 머리카락으로 가리고 있지만, 머리카락을 들추면 그
흔적은 문신처럼 고스란히 내게 남아 있다.

하지만 이 모든 것이 감사했다.

메시지

머리의 붕대를 풀었다. 복도를 왔다 갔다 걸어 다닐 수 있을 정도로 몸 상태도 회복되었다.

그 무렵 의사 선생님께서 갑자기 병실로 찾아오셔서 여러 검사들을 다시 해보자고 말씀하셨다. 혹시 무슨 이상이 있는 건가 지레 겁을 먹고 있는데, 퇴원을 위한 마지막 검사라고 하셨다. 그날부터 며칠간 나는 병원 이곳저곳으로 불려다니며 또다시 수많은 검사들을 하게 되었다(무슨 검사를 그리 많이 하는 건지 지금 하라고 하면 다른 이유가 아니라 귀찮아서 못 할 것 같다).

검사를 다 마치고 며칠 뒤, 의사 선생님께서는 그 많디 많은 검사들에서 아무 문제없이 건강하게 결과가 나왔다며 축하한다고 말씀하셨다. 그리고 며칠 뒤 퇴원을 해도 좋을 것 같다고 덧붙이셨다.

수술이 잘되어서 안도하고 있었는데 퇴원을 해도 좋다는 말씀에 또 한 번 큰 안도가 되는 걸 보니, 내심 내가 많은 걱정을 하고 있었다는 걸 알 수 있었다. 그날부터 나는 조금씩 퇴원을 위한 준비를 하기 시작했다.

병원에 처음 오던 날 입고 왔던 옷과 신발을 꺼내고 책과 노트북도 정리하며, 입원하기 전 두렵고 떨리던 마음들이 느껴지는 물건과 옷가지들을 하나하나 다시금 만져보았다. 마치 모든 것이 꿈이었던 양 아득하게 느껴지기도 하고 가슴 깊은 곳에서 울컥거리기도 한 묘한 감정들을 느끼며 나는 다시 한 번 감사드렸다.
그저 모든 것이, 모든 이에게, 감사뿐이었다.

드디어 퇴원하는 날 아침, 매니저가 짐 정리 마무리를 도와주러 병실을 찾아왔다. 나는 옷을 갈아입고, 놓고 가는 것은 없는지 마지막으로 살펴보았다. 그리고 매니저 친구를 바라보다 아무 이유 없이 울음이 터져 나왔다.
나는 그 친구를 붙잡고 또 한 번 서럽게 울음을 터뜨렸다.
왜 이리 나는 눈물이 많은 울보인지 모르겠지만 그땐 나도 모르는 내 자체가 스스로 눈물을 흘리는 것 같았다.
울지 말라며 나를 토닥여주는 매니저의 말에 나는 울음을 그치고 가방 안에 있던 노트를 꺼내 한 장을 찢어 펜을 들고 글을 쓰기 시작했다.

힘내요.

무섭겠지만 겁먹지 말아요.

다 잘될 거예요.

저도 그랬지만

건강히 세상으로 나아가요.

그러고는 그 종이를 병실 침대 옆 서랍장 첫 번째 칸에 넣어두었다. 내가 누워 있던 이 자리에 들어온 누군가가 이 메시지를 확인할지는 모르겠지만, 두렵고 무섭고 고통스러워 뜬눈으로 며칠 밤을 샐지도 모를 그 누군가에게 조금이나마 힘과 용기를 주고 싶었다.

종이를 서랍장 안에 넣고 서랍장 문을 닫았다. 꿈과 현실의 중간 같았던 그곳 생활을 마치며 나는 병원에서 천천히 걸어 나왔다.

후유증1

1. 1년에 한 번 정도 엄청난 두통에 시달린다.
2. 기억력이 너무 안 좋아져 핸드폰 배경화면이 메모장이 되었다(포토샵 사용법을 잊어버려 내가 포토샵을 가르쳐주었던 어시스턴트들에게 하나하나 포토샵을 다시 배웠고, 핸드폰 비밀번호가 갑자기 기억나질 않아 결국 스마트폰이 초기화되었고, 집 비밀번호가 생각나지 않아 차 안에서 잠을 자기도 했다).
3. 사람들을 만날 때 몸 괜찮냐는 질문을 받을까봐 먼저 인사하며 더 밝은 척을 한다.
4. 공항검색대에서 가끔 걸린다. 머릿속에 박혀 있는 피스 때문에.
5. 축구와 스쿠버다이빙을 하지 못한다.
6. 말할 때 가끔씩 혀가 내 의지대로 움직이지 않는다.
7. 완치가 아니기에 재발될까 하는 두려움이 항상 있다.

후유증 2

1. 감사하는 마음이 많아졌다(죽었다 깨어나 다시 태어났는데 뭔들 감사하지 않겠는가).
2. 본의 아니게 1년에 한 번 정기검진을 받게 되어 건강을 챙기는 사람이 되었다.
3. 의학적 지식이 풍부해졌다. 특히 뇌 관련 질환에 있어서. ^^
4. 가끔 힘든 일이 생기면 힘들었던 그때를 떠올리며 견뎌내기 쉬워졌다.
5. 가끔 혀가 마음대로 통제되지 않아 또박또박 천천히 말하는 사람이 되었다.
6. (비단 종교적인 영역을 떠나) 확실히 신이 있다고 믿게 되었고 그래서 나쁜 행동과 생각들을 줄이게 되었다.
7. 하루하루가 소중하고 감사하다.

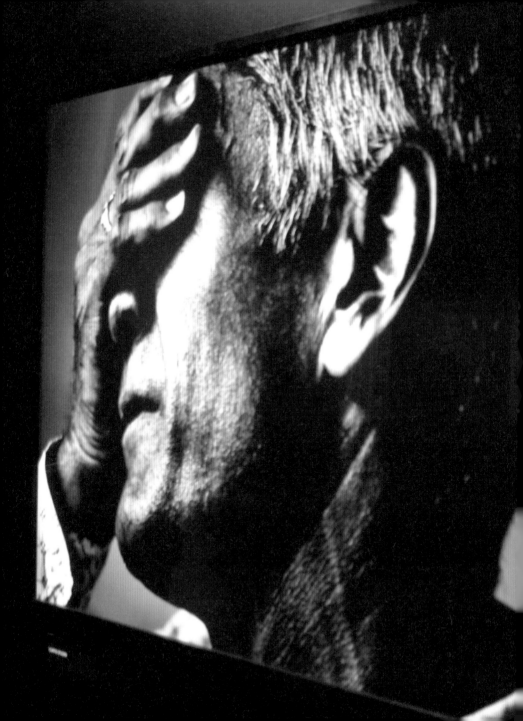

나야.

얼마 전 우리 통화하고 나서 왜인지 모르겠는데 편지를 써야겠다는 생각이

들었어. 1년 넘게 고독한 시기를 보낸 형에게 딱히 뭐라 할 말은 없는데

그래도 무슨 말을 하고 싶었어.

내가 아팠던 시기에 형이 나한테 그런 말 했던 것 기억나?

"이런 말 해서 미안하지만 네가 부럽다. 위대한 아티스트들은 고독하거나

외로워. 그리고 몇몇의 아티스트들은 죽을 고비를 넘기고 나서 더 위대해졌

으니까 너도 이번 고비를 넘기면 진짜 아티스트가 될 거야!"

그땐 그 말을 이해하면서도 한편으론 야속하게 느껴졌었는데,

이제 건강해지고 나서 돌이켜보니 그때의 그 말이 참 고맙기도 해.

내 입으로 이런 말 하면 웃기지만, 고비를 넘기고 나서 다시 잡은 카메라

그리고 내 사진들은 확실히 달라졌어.

아프고 나서 내가 가장 크게 바뀐 건 감사와 용서의 마음이야.

그전엔 미워하는 사람도 싫은 것들도 너무나 많았는데, 지금은 많은 것들에

감사하고 나에게 아픔과 상처를 준 사람들을 용서하는 마음도 생겼어.

다시는 겪고 싶지 않은 형과 나 우리의 그 칠흑 같던 시기들을
그래도 우리는 감사로 생각하며 살아가자.

스무 살 초반에 만난 우리가 아직 지옥인지 천국인지 감 잡을 수 없는
이 세상에서 살아남아 있는 게 우선 감사드릴 일이야.
어쩌면 타인들은 평생 살면서 겪지 못할 일들을 청춘의 시기에 겪어서
현재와 과거 그리고 미래까지도 좀 더 강하고 바른 길로 갈 수 있는
나침반을 선물 받은 것도 감사드릴 일이고.
앞으로 또 어떠한 일들이 우리에게 닥칠지 모르겠지만, 거의 죽다가 살아난
우리는 그래도 다른 사람들보다 지혜롭고 빠르게 헤쳐 나갈 수 있을 거야.

연락 안 되던 1년 넘는 시간 동안 교회 갈 때마다 형을 위한 중보기도를
쉬지 않고 했어. 하나님은 절대 인간에게 이유 없는 시험을 주시지 않아.
우리는 그걸 기억해야 해.

정의하지 않은 어딘가의 끝자락에도 우리에겐 빛이 있어.
다시 살아나줘서 고마워.

친구에게

2

사랑하니까

집

퇴원을 하고 집으로 돌아오니 5년이나 살아온 내 집이 마치 처음 온 집인 양 낯설게 느껴졌다.

퇴원을 하긴 했지만 오래 서 있거나 무언가를 하기엔 아직 무리인 몸 상태였다. 나는 조심스레 샤워를 하고 편한 옷으로 갈아입고 침대에 누웠다. 그리고 스르르 잠이 들었는데 얼마 뒤 엄마와 아들이 왔다(아들은 내가 키우는 강아지의 이름이다).

엄마도 엄마였지만 오랜만에 보는 아들이 너무나 반갑고 한편으론 미안했다. 병원에 있는 동안 아들은 엄마 집에 있었고 나는 아들을 신경 쓸 겨를이 없었다.

오랜만에 나를 본 아들은 꼬리를 흔들며 달려들어 내 얼굴 전체를 핥기 시작했다. 내게 좋다며 달려드는 녀석을 제지하기도 힘겨웠지만 나도 그런 아들이 좋아서 내 얼굴을 잡아 먹을 듯하는 녀석을 웃으며 안아주었다.

그제야 집에 돌아온 기분이 들었다.

나는 엄마와 이런저런 대화를 나누며 엄마가 해주신 맛있는 밥을 먹고 있고, 내 발 아래서는 아들이 맛있게 사료를 먹고 있고, 냉장고 안에는 엄마 반찬이 가득 차 있었다.

내내 미안하다고만 말씀하시는 엄마에게 나는 이제 괜찮으니 앞으로는 힘들게 강남 나오시지 말고 일산에서 편하게 있으시라고 당부했다. 정 힘들면 전화 드릴 테니 내가 다시 혼자 있는 것에 적응하도록 도와달라고 말이다. 끝까지 그렇게 부탁드리는 나의 말을 엄마는 이해해주셨다.

식사가 끝나고 엄마가 집으로 돌아가신 뒤, 나는 집의 불을 다 끄고 언제나 그랬듯 2층으로 올라가는 사다리 옆의 작은 스탠드만 켜고 조용히 데미안 라이스의 음악을 틀었다. 그리고 침대에 누워 아들을 꼭 껴안았다. 아들은 또 내 귀에 대고 크게 코를 골며 먼저 잠들었다.

그건 바로 내 집이었다. 백성현과 아들이 함께 사는 신사동의 그 집이었다. 나는 마치 아무 일도 없었던 듯 다음 날까지 숙면을 취했다.

아들

아들을 만난 건 2007년 여름이었다.

태어난 지 두 달이 채 안 되어 우리 집에 오게 된 보스턴 테리어 종 강아지. 나는 그 강아지의 이름을 '아들'이라고 지어주었다.

아들은 애교도 많고 똑똑한 강아지였다. 눈치가 빠르고 영특한 아들 녀석은 대소변 가리는 건 기본이고, 앉아 일어나 기다려 내려가 안 돼 등등 기본적인 훈련도 전부 습득해서 같이 살기에도 전혀 문제가 없었다.

혼자 살고 있던 내게 아들은 좋은 친구이자 따스한 가족이었다. 나는 어디를 가든 아들을 데리고 다녔고 내 주변 친구들도 아들을 이뻐했다.

뇌종양 판정을 받고 집에서 울기만 할 때도 아들은 마치 나를 이해해주는 것처럼 조용히 내 품에 안겨 나만 바라봐주었다. 아들은 비록 말 못 하는 짐승이었지만 내가 힘들고 상처 받을 때마다 조용히 나를 위로해주고 기분을 풀어주는 나의 소울메이트였다.

–
소녀감성

소녀처럼 고운 표정과 눈빛. 간식 먹기 전 항상 이렇게.

–
스튜디오에 페인트를 새로 칠하고 나면
언제나 아들의 발자국이 가장 먼저 찍혀 있었다.
어느 날은 아들이 화장실 문을 다 갉아 먹었다.
구멍이 너무 커서
볼일 볼 때 아들과 눈이 마주칠 정도였다.
이후로 나는 늘 문을 닫고 볼일을 봤다.
휴지를 좋아하는 아들. 어느 날 휴지를 먹다 걸려서
내 허벅지 사이에 얼굴을 꺼냈는데
입술 아래 묻어 있는 하얀 휴지가 너무 귀여웠다.

외로움을 견디기 위해 데리고 온 아들에게

많은 위로를 받고 나는 괜찮아졌고

바쁘다는 핑계로 정작 나는 아들을 외롭게 두는 모순을 행하고 말았어요.

마지막으로 만져본 아들은 차갑고 딱딱하게 식어 있었어요.

미안한 마음과 고마운 마음, 안타까운 마음, 수많은 감정들이 뒤섞여 괴롭고 아팠어요.

너무 착해서 단 한 번도 사람에게 으르렁거린 적이 없고

누가 찾아와도 반갑게 달려들던 아들이었는데……

스튜디오에서도 집에서도 사고도 많이 치는 골칫거리였지만

이 녀석에게 참 많은 걸 기댔었어요.

아들은 강아지 신종플루와 파보장염이란 것과 또 다른 질병에 아파하다

하늘로 갔습니다.

만약 행여라도 저와 같은 일을 겪게 되신다면 절대로 혼자서 화장터에 가지 마세요.

서러운 마음에 도저히 견딜 수가 없더군요.

우리 아들이 비록 동물이고 강아지지만 저에게는 가족이었어요.

동물을 키우시는 분들이나 키워보신 분들, 사랑하시는 분들은

제 심정을 아시리라 믿습니다.

일주일 가까이 너무 많이 울고 괴로워서 아무것도 할 수 없었지만

이제는 보내주어야 할 때가 된 것 같아요.

아들을 아시는 분들이나 한 번이라도 보신 분들은

기도해주세요.

아들 착한 거 다 알잖아요.

기도해주세요.

부탁합니다.

아들

2008. 06. 01 ~ 2010. 09. 16

마초

아들이 죽고 다시는 강아지를 키우지 않겠노라 생각했는
데, 강아지를 너무 좋아하는 나는 3년 뒤 또다시 한 마리
를 입양하게 된다.

그 이름은 마초.

마초처럼 강하게 크라고 지어준 이름으로,
종류는 불테리어, 원래는 투견이다.
하지만 마초 또한 단 한 번도 사람이나 다른 동물에게
으르렁조차 해본 적이 없는 순하디 순한 착한 녀석이다.
극성맞은 마초 때문에 아파트에서 작은 주택으로 이사를
할 정도로 나는 마초를 사랑한다.
마초는 생명이 다할 때까지 함께하기를.

–
아빠바보

아빠밖에 모르는 마초.
일 때문에 집을 나설 때면 어김없이 저런 표정을 지어 미안하게 만든다.

–
죽은 척

집 안에 있다가 가끔 놀라서 튀어 나간다.
하지만 그냥 자는 거다.
이제는 알지만 초반엔 나는 몇 번이나 놀라서 마당으로 튀어 나갔고
마초는 자다가 몇 번이나 놀라서 깨어났다.
그 순간엔 참 뻘쭘했다.

–
마초 친구 예뻐

매번 마초를 혼자 두고 일을 가는 게 미안했는데,
아시는 분께서 강아지를 한 마리 분양해주셨다.
이름은 예뻐.
마초와 예뻐는 아주 잘 지낸다.
예뻐가 온 후로 마초는 내가 나갈 때 이제는 누워서 날 쳐다본다.

첫 월급

초등학교 3학년 시절, 당시 어린이들 사이에서는 비비탄 총싸움이 유행처럼 번지고 있었다.

콜트45, 스미스, 베레타를 위시하여 가지각색의 비비탄 권총들로 무장한 동네 친구들 사이에서 나는 총은 고사하고 비비탄 한 알도 가지지 못한 신세였다.

부모님께 비비탄 총을 사달라고 졸라대고 떼쓰고 울고불고 난리를 쳤지만, 부모님은 위험하다는 이유로 절대 반대를 외치셨다. 나는 비싸서 돈이 아까워서 안 사주시는 거라고 속으로 생각했다. 그 당시 그런 권총들의 가격은 4,500원에서 6,000원 사이였다(믿을 수 없겠지만 그 당시 나의 하루 용돈은 50원이었다).

너무나 갖고 싶은 그 총을 사기 위해 나는 처음으로 돈이란 걸 벌어야겠다는 생각을 했다. 고민 끝에 동네에 있는 한국일보 보급소를 찾아갔다. 열 살짜리 초등학생이 다짜고짜 찾아와 일을 시켜달라며 막무가내로 떼를 쓰자 어이

없어 하던 신문소 직원 분들도 끝까지 물고 늘어지는 나의 똥고집에 못 이겨 결국 일자리를 주셨다.
그리고 1990년 7월 중순, 보광초등학교 3학년 9반 백성현 어린이는 여름방학 내내 하루도 쉬지 않고 이태원에 있는 청화아파트에 한국일보 115부를 돌렸다.

아파트는 호수만 확인하여 문 앞에 신문을 두고만 오면 됐다. 하지만 상가는 달랐다.
그 아파트 단지에는 은행, 외국인 전용 레스토랑, 고깃집, 분식집 등등 많은 상가들이 입점해 있었는데, 나는 상가에 신문을 배달하러 가는 것이 너무나 좋았다.
은행에 가면 경비 아저씨가 더우니까 에어컨 바람 좀 쐬고 가라고 하신다. 은행 의자에 앉아서 한숨 돌리고 있으면 아저씨는 시원한 물이나 음료수를 주셨다. 분식집 아주머니는 먹고 싶은 튀김 3개를 골라 먹을 수 있게 해주셨고, 고깃집 아주머니들은 기특하다며 매일 먹을 것을 이것저것 챙겨주셨다.
어린 맘에 그런 대우를 받는 게 좋았다. 목표는 비비탄 총이었지만, 매일매일 맛있는 거 먹고 아줌마 아저씨들과 수다 떠는 게 나는 더 좋았다.

그러다 보니 한 달이 눈 깜박할 사이 지나가버렸다.

드디어 월급날. 나는 60,000원이라는 어마어마한 액수의 월급을 받게 되었다. 하루에 용돈을 50원씩 받던 초등학생에게는 정말 어마어마한 액수였다.

신문소 아저씨들은 수고했다며 돈 받은 거 엄마 갖다 드리라고 하셨다. 나는 큰 소리로 네!!!!! 대답하고 전속력으로 집으로 뛰어가서 나의 첫 월급이라며 고사리 같은 손으로 봉투째 엄마 손에 쥐어드렸다. 그때 글썽글썽하던 엄마의 눈을 아직 기억한다.

비비탄 총을 사고도 많은 돈이 남기에 내 동생 광현이랑 엄마랑 나 우리 셋은 돼지갈비를 먹으러 갔다. 신문 배달을 하면서 자주 얻어먹었던 맛있는 갈비를 엄마도 맛보게 하고 싶었다.

맛있게 갈비를 먹으며 나는 엄마에게 약속을 하나 했다.

엄마, 내가 이다음에 부자사람 되어서 맨날맨날 엄마 갈비 사주겠다고.

그렇게 기분 좋은 외식을 마치고, 엄마는 학교 앞 문방구에서 제일 비싸고 제일 큰 비비탄 총 M-16을 15,000원이라는 거금을 주고 사주셨다.

하 하 하 하 하 하.

드디어 디데이.

총싸움을 하기 위해 하나둘 총을 들고 나타나는 녀석들 틈으로 나는 들어갔다. 나의 M-16을 가지고 말이다.

그 총을 들고 나타나는 순간 나는 동네 친구들 사이에서 가장 강력한 파워를 가지게 되었다. 그리고 그때 조금은 알게 되었다. 노력의 대가와 노동의 대가가 얼마나 크고 감사한 것인지.

그 첫 기억이 나에게 강하게 박혀서 나는 갖고 싶거나 이루고 싶은 것이 있으면 꼭 해내고야 마는 습성을 가지게 되었다. 머릿속에 그리는 나의 바람들은 지금 놀거나 쉬어서는 가질 수 없는 것들이기에, 수술 후 회복기에 들어서면서부터 나는 손에서 일을 놓지 않고 있다.

사진을 찍고, 음악을 만들고, 스타일링을 하고, 지금 이렇게 책을 쓰고 있다. 여러 가지를 하면 어설프기 마련일 거라는 사람들의 편견을 깨기 위해 나는 쉬지 않고 일을 하고 노력을 하고 연구를 한다.

처음 내가 사진을 한다고 했을 때, 대부분은 아예 신경 자체를 쓰지 않았다. 하지만 나는 이를 악물었고 미친 사람처럼 사진을 찍었다. 방송으로 번 돈을 아끼고 아껴 거의 전부를 사진에 쏟아부었고, 하루도 쉬지 않고 늘 사진을 찍었다.

그러다 드디어 사진 일을 시작했고, 이제는 방송으로 번 수입보다 더 많은 수입을 사진으로 벌게 되었다. 혹 '연예인이니까'라는 이유가 붙을까봐 함께 작업을 하는 모든 클라이언트 분들께 그 점을 노출하지 말아 달라고 매번 신신당부를 드렸다.

그래서 생겨난 이름이 'by100'이다. 그 이름으로 사진 일을 해오며 3년이 넘어가면서부터 by100이 나라는 것을 사람들이 서서히 알게 된 것이다.

내가 음악을 만든다고 했을 때, 비웃는 사람들이 태반이었다. 무시하고 욕을 하는 사람들도 많았다.

나의 감성이 깃든 내가 만든 음악을 들어는 보았을까? 들어나 보고 무시를 하든 욕을 하든 했으면 하는 아쉬움도 들지만, 상관없다.

'자신 있다'가 아니다. 내가 만들고 있고 하려는 음악들은 대중적이지도 프로페셔널하지도 않다. 상업적인 목적으로 만드는 것도 아니다. 누가 음반을 내줄 거라 생각하지도 않는다.

하지만
음악을 만들 자격은
사진을 찍을 자격은
글을 쓸
옷을 만들
물을 마실
밥을 먹을
꿈을 꾸고 하고 싶은 일에 도전할 자격은
누구에게나 있다고 생각한다.

뇌종양 수술을 하기 전, 잘될 거라고 건강해질 거라고 걱정해주신 분들도 많았지만, 안 될 것이다, 수술 후 장애가 올 것이라던 이들도 많았다. 하지만 나는 끝까지 놓지 않았다.
힘들었다. 심적으로 육체적으로 추락의 끝까지 내려갔었고, 정말 많이 아팠다. 부모님이 안 계실 때에 울기도 많이 울었다.

머리가 깨질 듯한 두통과 어지러움, 말로 어떻게 표현하기 힘들 정도의 고통들이 찾아와도. 불같은 청춘으로도 감당하기에 결코 쉽지 않았던 그 고통의 시기들을 나는 잊지 않고 문신처럼 내 마음속에 새겨놓았다. 앞으로 죽는 날까지, 나는 나만이 볼 수 있는 그 문신들을 매일매일 바라보며 소심한 욕심쟁이가 될 것이다.

대한민국에서 무언가를 시작하는 것, 편견을 깨는 것은 쉽지 않은 일 같다. 하지만 나는 절대 멈추지 않을 것이다. 나의 욕심이 다른 이에게 피해를 주지 않는 한 나는 무언가를 진행할 것이다.

나는 욕심이 많은, 소심하지만 포기하지 않는 남자다. 1990년 여름 신문배달을 해서 엄마에게 갈비를 사드리고 동네에서 제일 좋은 비비탄 총을 산 열 살 때부터 말이다.

자전거

어제는 studio by100의 든든한 퍼스트 스태프 진주가 자전거를 사러 간다고 해서 운전도 해줄 겸 구경도 할 겸 따라갔다. 사실은 항상 열심히 일하며 내게 큰 힘이 되어주는 진주에게 자전거를 선물로 사줄 생각으로 나선 것이다. 신정동에 위치한 그곳에는 일본에서 수입해온 수많은 종류의 빈티지 클래식 자전거들이 즐비했다. 갖고 싶은 자전거들이 몇 대나 눈에 들어왔지만, 나는 꾸욱 참았다. 나는 사람들에게 나눠주고도 아직 다섯 대의 각기 다른 종류의 자전거를 가지고 있기 때문이다.

신중하게 고르고 고른 뒤 핸들과 안장등까지 커스텀한 진주의 자전거는 꽤나 귀여웠다. 입이 귀에 걸려 있는 진주를 보며 문득 나의 어린 시절이 떠올랐다.

그 시절, 비비탄 총놀이의 유행이 한물갈 무렵, 동네 친구들은 하나둘씩 자전거를 사기 시작했다. 그렇게 늘어나는 친구들의 자전거는, 결국 또 나만 빼놓고 우리 동네 아이들 모두가 자전거를 갖게 된 상황이 되었다.

방학이 끝나 신문배달 아르바이트도 할 수 없던 나는 부모님께 자전거를 사달라고 졸라댔지만, 무슨 사정이 그리도 많았던지 집 사정상 나는 자전거를 가질 수 없었다.

학교 수업이 끝나고, 친구들과 모여 얼음땡이나 숨바꼭질을 하며 놀다가도 나는 떨리는 가슴을 부여잡을 수밖에 없었다. 갑자기 어느 한 녀석이 자전거를 타러 가자고 할까봐 말이다.
아이들이 이러저러한 놀이에 지루해 할 때쯤이면 나는 구슬치기나 딱지치기를 하자고 열심히 제안하고는 했다. 그러나 녀석들에겐 자전거가 훨씬 재미있는 놀이였을 것이다.

자전거를 가지러 아이들이 각자의 집으로 들어가는 순간부터 내 심장은 나쁜 짓이라도 한 것처럼 엄청나게 빨리 뛰기 시작한다. 그래도 나는 친구들이 자전거를 가지고 나와 모두 다시 모일 때까지 그 자리를 지키고 서 있었다. 누가 살짝만 건드려도 울음이 터질 것 같았지만, 나는 일그러진 얼굴을 숨기고 울음을 참으며 그 불안한 순간들을 정면으로 맞이하곤 했다. 행여 어떤 녀석이 뒷자리에 태워주지는 않을까 하는 기대감 때문이었다.

하지만 아무도 나를 태워주려 하지 않았다. 자전거를 타는 시간만큼은 친구들에게 나는 귀찮은 존재였다.

아이들이 다 모이고, 동네 형 중 한 명이 리더가 되어 아스팔트가 잘 깔린 길 건너편 아파트 단지로 아이들을 우르르 데리고 사라져버리면.

나는

울었다.

텅 빈 동네에 혼자 남아, 부러운 마음 서러운 마음 엄마 아빠가 미운 마음들에 서러워 꼬질꼬질한 모습으로 혼자 덩그러니 엉엉 울었다. 그러면서도 한편으로는 친구들이 빨리 돌아오기를 기다렸다. 두세 시간을 눈물 콧물로 기다렸다.

도대체 얼마나 시간이 흘렀을까. 해가 질 때쯤에서야 친구들의 자전거 무리는 돌아온다.

오늘은 어땠는지, 아까 누가 못 따라와서 웃겼다느니 저 쨌다느니 아이들은 자전거를 타며 즐거웠던 일들을 회상 하며 깔깔대고 웃었다. 나를 약 올리기 위해 그러는 걸까 싶은 생각도 들곤 했지만 나는 그들의 대화에 억지로 끼 어들어 덩달아 웃곤 했다.

'그래 알았어. 그런데 나 혼자 여기서 계속 너희를 기다렸 어. 그러니 이젠 나랑도 놀아줘.'

이런 마음으로 말이다. 바보 같게도. 바보 같게도.

수다가 끝나면 아이들은 다들 힘들다며 만화 본다며 엄마 한테 혼난다며 각자의 집으로 들어갔고, 나는 그제야 무 거운 발걸음으로 집으로 돌아가곤 했다.

지금 돌이켜 생각해보면, 그 녀석들 참 치사하다는 생각 이 든다. 얼마나 가슴이 아팠을까, 어린 시절의 나에게 아 련한 마음도 든다.

집으로 걸어갈 때마다 나는 몇 번이고 되뇌며 다짐했다.

'이다음에 어른 돼서 돈 많이 벌면 자전거 100대 사야지.'

이제 나는 어른이 되었고,

다른 친구들보다 돈도 조금 더 많이 벌게 되었다.

그래서 나는 자전거를 사기 시작했다.

클래식

빈티지

비치라이더

픽시

……

가지각색의 자전거를 종류별로 샀다.

그때의 서러움을 나도 모르게 그렇게 풀었던 것 같다.

이제는 그러한 마음도 다 사라졌지만,

자전거를 사고 기뻐하는 진주의 얼굴에 내 어린 시절이

떠올라 몇 자 끼적여본다.

오늘은 날씨도 바람도 좋은데

이제 자전거 타러 한강에나 나가봐야겠다.

그럼 안녕.

양념치킨

내 주변인들 대부분은 나와 10년 이상 함께 지내온 이들
인지라 내가 좋아하는 것들이 무엇인지 거의 다 꿰뚫고 있
다. 내가 가장 좋아하고 잘 먹는 음식은 바로 치킨이다.
삼시 세끼 아니 그 이상도 닭요리라면 매끼 먹을 수 있고,
실제로 그랬던 적도 많다. 나는 국내 최고의 닭 관련 모임
'닭사모(닭을 사랑하는 사람들의 모임)'의 정회원이기도 하다.
친구들은 나랑 치킨을 먹을 때면 감탄과 탄성을 지르며
놀라곤 한다. 나는 닭에 붙어 있는 살코기를 제로로 만들
고 정말 뼈만 남겨버리기 때문이다.

요즘도 친구들과 식사 약속이 있을 때 "뭐 먹을까?"라는
질문을 받으면 나는 여지없이 닭과 관련된 음식을 먹자고
제안한다. 왜 그렇게 닭에 집착하느냐고 친구들이 물을 때
마다 '그냥' 혹은 '맛있으니까' 정도의 대답을 해주곤 했는
데, 이제 그 이유에 대한 이야기를 한번 꺼내보려 한다.
(이 글을 쓰려는데 갑자기 어머니의 모습이 스친다. 가난하고 어

려웠던 시절 이야기는 어디 가서 입 밖에도 꺼내지 말라고 하셨는데 휴, 또 욕 좀 먹겠다.)

1989년으로 기억한다.
텔레비전에서 요술공주 샐리의 주제곡을 개사해서 최양락 씨가 노래를 부르는 페*카나 치킨 광고가 처음 나왔다. '양념치킨'이라는 생전 처음 듣는 단어와 처음 보는 닭 모양새. 나는 그날부로 엄마한테 페*카나 양념치킨을 사달라고 졸라댔다.
엄마는 애가 도대체 뭔 소리를 하는 거냐며 어디서 이상한 걸 보고 와서 이러냐는 둥 내 말을 전혀 이해 못 하시는 대답만 되풀이하셨다. 그도 그럴 것이 양념치킨이라는 것이 그 광고 이전에는 없었기 때문이다.
나는 엄마를 붙잡고 텔레비전 앞에서 그 광고가 나오기만을 목이 빠져라 기다렸다. 한참을 텔레비전 앞에 있는데, 그 양념치킨 광고가 짠 하고 나타났다.

"엄마 이거야! 이거!"
나는 흥분해서 엄마한테 설명을 해주었다. 엄마에게 보여주기 위해 다시 보게 된 그 광고는 또 한 번 내 침을 삼키

게 했다.

광고가 끝나자 엄마는 텔레비전을 끄셨고, 방에 들어가 공부를 하라고 말씀하셨다. 나는 공부 열심히 할 테니까 양념치킨을 사달라고 했다. 엄마는 매를 드시기 일보 직전의 목소리로, 가서 공부를 하라고 하셨다.
'아들이 치킨 사달라는 게 엄마한테 혼날 일인가?'
책상에 엎드려 혼자 질질 짜며 나는 또다시 엄마를 원망했다(지금 돌이켜보면 형편도 안 좋은데 엄마한테 철없이 이것저것 사달라고 졸라댔던 게 후회되고 죄송스럽다. 감히 헤아릴 수 없겠지만, 그럴 때마다 어머니의 마음은 오죽 속상하시고 괴로우셨을까).

여하튼 그날부터 며칠 동안 우리 집에서는 텔레비전 소리가 들리지 않았다. 하지만 내 머릿속과 귓가에는 그 치킨 광고 CM송이 계속 맴돌았고, 양념치킨을 먹고 싶은 욕망은 점점 커져만 갔다.
그렇게 2주일 정도가 지나고, 이제는 아주 가끔 그 광고가 생각나게 됐을 무렵, 나는 같은 반 친구 길동이네 집으로 WWF를 보러 놀러 갔다(친구의 본명 대신 '홍길동'의 길동이로 표기하겠다). 그 당시에는 토요일 오후 3시부터 일명 미국 방송(AFKN)에서 WWF라는 프로레슬링 경기를 중계해주었다.

길동이네 집은 그때까지 내가 가본 집 중에서 가장 부잣집이었다. 이다음에 우리 집도 이런 집으로 이사 갔으면 좋겠다고 생각할 정도로 나에겐 부러운 곳이었다.
초인종을 누르자 길동이 어머니께서 문을 열어주셨다. 표정이 안 좋으신 어머니는 애써 미소를 지으시며 나에게 거실 소파에 앉아서 잠시 기다리라고 하셨다.
철커덕하고 방문 닫히는 소리가 났고, 문이 닫힌 방에서 큰소리로 길동이를 혼내시는 길동이 어머니의 호통 소리가 현관 입구에서 신발을 벗고 있던 나에게까지 위협적으로 들려왔다. 새가슴이 된 나는 조용히 신발을 벗고 거실로 한 걸음을 내딛고 두 번째 발걸음을 옮기려던 찰나, 내 눈이 휘둥그레졌다. 그토록 먹고 싶던 페*카나 양념치킨의 봉투가 눈에 들어왔기 때문이다.

그때부터 심장이 뛰기 시작했다. 나는 소파에 조용히 앉아 현관 입구에 놓여 있는 그 봉투만 계속 응시했다. 길동

이 어머니도, 미국 방송의 WWF도 안중에 들어오지 않았다. 그 봉투 안에 있을 양념치킨이 궁금할 뿐이었다.

그러다 나는 지금까지 후회하며 생생하게 기억나는 행동을 했다. 소파에 앉아 있던 나는 정말 뭐에 홀린 듯 그 봉투로 다가가서 그 앞에 앉았다. 몇 초간 약간의 고민을 했던가. 이미 내 손은 봉투를 열고 그 안의 내용물을 확인하고 있었다.

그 봉투 안에는 네모난 종이 박스가 있었고, 종이 박스를 열어보니 은박지가 나왔다. 은박지를 펼쳐보니 다 먹은 양념치킨의 뼈들과 바닥에 양념치킨 소스가 있었다.

거기서 나는 고민했다. 아무리 아홉 살 어린 나이였지만 남이 다 먹고 버린 음식 쓰레기를 먹는 건 아니라는 생각이 들었기 때문이다. 그치만 내 눈에 보이는 건 뼈 가장자리에 간신히 붙어 있던 살점들이었다.

'아, 어떻게 해야 하지.'

고민에 고민을 하다 나는 그것들을 내 입에 집어넣었다. 얼마 붙어 있지도 않은 살코기를 먹으려 이 뼈 저 뼈 입에 넣고 있는데, 아뿔싸.

철커덕하고 방문 열리는 소리가 들렸다. 순간 뜨거운 기운이 발끝부터 정수리까지 타고 올라왔다. 나는 뒤를 돌아볼 수도, 잡고 있던 뼈를 내려놓을 수도 없이 그 자리에서 꽁꽁 얼어버렸다. 뒤통수에 눈이 달린 건 아니었지만 뒤에서 나를 바라보는 길동이와 길동이 어머니가 보였다. 그렇게 정적이 5초 정도 흘렀다.

"어머, 얘! 뭐하니?"
길동이 어머니께서 나를 부르셨다. 그래도 나는 몸을 돌릴 수가 없었다. 아니 몸이 돌아가지 않았다. 무언가 너무나도 무섭고 창피한 기운이 거세게 나를 사로잡았다.
나는 천천히 그 자리에서 일어섰고 또 아주 천천히 뒤를 돌아보았다. 나를 바라보던 길동이와 길동이 어머니의 표정이 20년이 넘은 지금까지 잊혀지지가 않는다. 마치 더러운 짐승을 보듯 오른손으로 입을 막고 토끼만큼 커진 눈으로 어이없이 바라보시던 길동이 어머니의 표정.

그리고 그녀의 입에서 나온 말.
"야, 홍길동! 어디서 저런 거지 같은 걸 친구라고 집에 끌고 들어와? 어머머머 진짜 어이가 없어서. 야, 너 앞으로 저런 거지 같은 것들하고 어울리지 마. 알았어? 한 번만 더 저런 거지 같은 애 집에 데리고 오면 혼날 줄 알아! 알았어? 방으로 들어가!"

그리고 꽁꽁 얼어 있던 나를 향해 이렇게 말했다.

"야! 너 빨리 우리 집에서 나가! 그리고 앞으로 길동이하고 놀지 마! 알았어? 한 번만 더 길동이하고 놀다가 아줌마한테 걸리면 아주 혼날 줄 알아. 알았어?"

나는 울먹거리며 떨리는 목소리로 "네" 한마디를 하고 길동이네 집에서 쫓겨났다.

현관문이 쾅 하고 닫힘과 동시에 내 눈과 코와 입에서 눈물과 콧물과 울음이 동시에 터져 나왔다. 너무나 창피하고 내가 괴물처럼 느껴졌다. 만화에서처럼 시간을 되돌릴 수만 있다면 5분 전으로 돌리고 싶다는 철없는 생각만 하며 엉엉 울면서 걷기 시작했다.

나는 학교로 갔다. 학교 운동장 느티나무 옆 벤치에 앉아서 울음을 그치려 안간힘을 썼다. 집에는 들어가야 하는데, 울던 티가 나면 엄마가 물어볼 테고, 솔직히 말했다간 엄마한테 두들겨 맞을 게 뻔했고, 거짓말을 했다가 걸려도 두들겨 맞을 게 뻔했기 때문이다.

계속 나오는 울음을 억지로 억지로 그치고, 나는 힘들고

서러울 때마다 항상 하는 다짐을 또 한 번 했다.

이다음에 부자사람 되면 맨날맨날 양념치킨만 먹을 거라고.

그리고 이다음에 아빠가 됐는데 내 자식 친구가 오면 "치킨 먹을래?"라고 먼저 말해주겠다고.

지금 글을 쓰며 그때의 일을 다시 기억해내는데도 식은땀이 나고 깊은 곳에서 수치심과 약간의 분노가 올라옴을 느낀다. 그 일이 이렇게나 강하고 생생하게 남아 있는 걸 보면 나에게 그 사건은 꽤나 충격적이었던 것 같다. 그것은 내가 처음이자 마지막으로 겪은 수치심의 끝이었다.

그나마 다행인 것은 엄마는 지금까지도 그 일을 모르고 계시다는 것과 그 사건이 있고 얼마 뒤 내가 전학을 가게 되어 더 이상 길동이와 마주칠 수도 만날 수도 없게 되었다는 것이다.

지금도 치킨을 먹을 때면 아주 가끔씩 그때의 기억이 떠오르곤 하지만 생각하지 않으려 노력한다. 아홉 살 그때의 다짐처럼 이제는 매일 치킨을 먹을 수 있는 사람이 되었기 때문이다.

남들이 잘 겪지 않는 일들이 나에게 참으로 많이 일어났
는데, 그 사건들이 지금의 나를 지탱할 수 있는 원동력이
아닐까 하는 생각을 하기도 한다.

휴, 착잡하네.

이 글도 거의 다 채워진 것 같다.

이제 마무리 짓고, 22년 전 그렇게 먹고 싶던 페*카나 양
념치킨을 시켜 먹어야겠다.

아주 맛있게,

아주 감사한 마음으로 말이다.

2015년 초겨울

집에 들어와 샤워를 하려고 물을 틀었는데 냉수만 계속 나온다. 관리실에 연락해보니 아파트 내부 공사로 오늘밤부터 내일 오전까지 온수가 나올질 않는단다.

"뭐야. 때가 어느 땐데, 그것도 새 아파트에서 온수가 안 나온다는 거야."

나는 노인네마냥 혼자 중얼 중얼거렸다. 몸도 피곤하고 날씨도 추운데 냉기를 견뎌가며 찬물로 씻을 기력이 아닌 밤이었다. 그러다 문득, 어린 시절이 떠올랐다.

우리 가족은 연탄아궁이가 있는 집에 살았다. 샤워기나 뜨거운 물은 고사하고 겨울에 수도가 얼어 터지지나 않으면 다행이었지.

엄마와 아부지는 아침에 학교 가야 하는 나와 동생을 위해 새벽마다 일어나셔서 교대로 연탄불을 가셨다. 밤에 추위를 막기 위한 것도 있었지만 아침에 씻으려면 연탄아궁이 위에서 밤새 팔팔 끓여진 솥 안의 뜨거운 물을 바가지로 퍼다가 적정 온도를 찾을 때까지 찬물과 섞은 뒤 씻어야 했기에 새벽에 부모님이 연탄을 가시는 것은 꽤나 중요한 일이었다.

어린 시절 내내 그런 집에서 살았기에 그렇게 씻는 것이 당연했는데, 하루 그것도 잠깐 온수가 안 나온다고 툴툴대며 짜증을 내는 내가 순간 참 재수 없게 느껴졌다.

나는 부엌으로 가서 집에서 제일 큰 냄비를 꺼내 가스레인지 위에 올려놓고 냄비에 물을 가득 부었다. 40분가량 끓이니 냄비의 물이 펄펄 끓으며 넘치려 했다.

나는 뜨거운 물이 가득 담긴 그 냄비를 조심조심 들고 욕실로 가져와 찬물과 섞어가며 적정한 온도를 맞추고 바가지로 물을 퍼가며 샤워를 했다.

이때 가장 중요한 건 나누기다. 머리를 감을 때, 샤워를 할 때, 세수를 할 때의 적정량을 잘 나눠야 냄비에 끓여온 물의 양으로 완벽한 샤워를 할 수 있다.

어린 시절 10여 년간 씻던 노하우를 20년 만에 기억해내 써먹었는데, 성공했다.

완벽한 샤워를 마치고 개운하게 나와, 씻기 전 틀어놓은

전기장판과 세상 최고의 콜라보레이션이라고 생각하는 다우니와 페브리즈의 세제로 빨래한 뽀송뽀송하고 향기로운 침대 이불 속으로 들어오니, 여기가 천국이다.

아파트 공사로 온수가 안 나오는 덕에 그간 한 번도 떠오른 적 없던 어린 시절의 한 장면이 떠올랐고, 뭔가 더 개운하고 기분 좋은 샤워를 한 것 같아 몸도 기분도 모든 감각이 상쾌해졌는데, 갑자기 우리 어무니 아부지가 너무 보고 싶다.

기분이 묘한 밤이다. 하지만 숙면을 할 수 있을 것 같다.

라이카1

뇌 수술을 하고, 점차 건강이 회복되고, 다시 하루하루 열심히 일을 하고, 늘 그렇듯 삶에 크고 작은 별별 일들이 끊임없이 일어나며 살아가던 어느 날, '라이카 코리아'에서 전화가 왔다. 독일에 있는 라이카 본사에서 이번에 라이카 모델을 아시안 인으로 하고 싶어 하는데 우리나라도 몇 명의 후보를 올릴 예정이고 거기에 나도 포함될 것이라는 내용이었다.

라이카?

내가 제일 존경하는 사진가 앙리 카르티에 브레송이 쓰던 카메라이자 세계적 명품으로 인식되어 사진가들 사이에서는 꽤 로망의 대상인 그 라이카가 나를?
어느 사진가도 쉽게 마다하지 않을 제안이었지만 감히 내가 뽑힐 확률은 상상도 할 수 없었기에 단 '1'의 기대도 하지 않은 채 나를 명단에 넣어도 상관없다고 대답했다.
기대 자체가 아예 없었기에 신경도 쓰지 않고 지내던 어느 날, 다시 전화가 걸려왔다. 내가 라이카 최초의 아시아 모델로 발탁이 되었다는 것이다.

순간 머릿속이 텅 비어버렸다.

담당자는 독일 라이카 본사에 가서 참석해야 할 몇 가지 스케줄을 알려주면서 특히 라이카 회장을 만나야 하니 슈트와 구두를 준비해달라고 했다. 그리고 내가 모델이 될 라이카의 샘플을 보내줄 것인데, 라이카에서 직접 언론 릴리즈를 하기 전까지는 이 모든 사실은 절대 비밀로 해야 한다고 당부했다.

통화를 하며 정신없이 괴발개발 메모지에 받아 적은 내용들을 다시 옮겨 적으면서 나는 비로소 정신을 차렸다. 그제야 조금씩 실감이 나기 시작했다.

얼마 뒤 정말로 내 손 안에 라이카에서 보내준 샘플 카메라가 들어왔고, 나는 그 카메라를 항상 가지고 다니며 수많은 사진들을 찍었다. 3개월간 열심히 촬영한 엄청난 양의 데이터를 라이카에 넘기고, 셀렉한 사진들의 후반작업을 하고, 그리고 정신을 차려보니 나는 독일행 비행기에 앉아 있었다.

라이카2

독일에 도착해 호텔에 들어가자마자 바로 잠이 들어버렸
다. 긴장한 탓인지 장시간의 비행임에도 비행기에서도 잠
을 제대로 자지 못한 탓이었다.

다음 날은 일찍 눈이 떠졌다. 그 계절의 독일은 밤 10시쯤
해가 지고 새벽 4시면 해가 뜨기 시작했다. 나는 카메라를
들고 호텔 주변을 어슬렁 어슬렁거리며 사진을 찍으며 돌
아다녔다.

그렇게 동네 마실을 마치고 호텔로 돌아왔다. 라이카 회
장과의 식사와 라이카 카메라 공장 견학이 기다리고 있었
다(실제로 있었던 일이고 그때를 회상하며 글로 쓰고 있지만 참
나랑 어울리지 않는다. 라이카 회장과의 식사 약속 후 라이카 공
장을 보러 간다니ㅋㅋ).

어느 레스토랑에서 라이카 회장 및 간부들과 인사를 나누
고 함께 식사를 했다. 어색하고 말도 잘 통하지 않아 머
쓱하긴 했지만 그들은 꽤 호의적으로 대해주었다. 식사가

끝날 때쯤 마치 교장 선생님의 애국조회 시간처럼 라이카 회장님이 많은 얘기를 했는데, 자세한 내용은 기억이 잘 나질 않는다(죄송합니다 회장님).

그러고 나서 라이카 공장으로 향했다.
공장 입구에는 지금까지 출시된 모든 라이카 카메라가 전시되어 있었는데, 특히 굉장히 큰 라이카 카메라 조형물이 시선을 끌었다.
전시장을 지나서 공장 내부로 들어가자 절대로 사진을 찍으면 안 된다는 주의가 주어지면서 분위기가 사뭇 긴장감이 돌았다. 그도 그럴 것이 공장 내부는 라이카 직원들 외에는 절대 노출을 하지 않는다고 한다. 그때부터는 나의 눈이 렌즈가 되고 머리가 메모리가 되었다.

공장은 깔끔하고 정결한 분위기였다. 부서 하나가 한국의 일반 학교 교실의 4배 정도에 달하는 크기였는데, 직원들은 마치 텔레비전에서 보았던 반도체 연구원처럼 하얀색 작업복을 뒤집어쓴 채 유리로 오픈된 곳에서 작업을 하고 있어서 각 부서의 공정을 바깥에서 전부 볼 수 있었다.
렌즈를 만드는 곳, 셔터를 만드는 곳, 바디를 만드는

곳……. 라이카 카메라가 핸드메이드라는 것을 체감했다.

라이카 공장을 견학하는 내내 내 머릿속 한켠에서는 내가
정말 이런 곳에 초대받아도 되는 사람인지에 대한 의문과
내가 지금 보고 듣고 느끼고 있는 모든 것이 현실감이 없
다는 묘한 기분이 교차했다.
하지만 이 모든 것은 현실이었다. 사진을 처음 접하면서
부터 그간의 수많은 일들이 머릿속을 스치고 지나갔다.
누가 뭐래도, 어떤 상황이 벌어져도, 포기하지 않고 열심
히 한 것밖엔 없는데…….
이런 생각이 들자, 앞으로 또 어떤 일이 내 앞에 펼쳐지게
될지 모르지만 지금은 이 순간을 즐기고 만끽해야겠다는
마음이 들었다.

그때가 2012년 5월이었고, 내가 라이카의 모델이 되었다
는 기사는 그해 9월 언론에 보도되었다. 이슈도 되었고 포
털 사이트 검색어에도 올라가며 많은 사람들의 응원과 성
원이 들려왔다. 물론 '왜 라이카에서 뺵가를…'이라며 나
를 무시하는 글들도 많았지만 '나도 모르는 일을 당신들이
어떻게 알겠소?'라는 생각이 들 따름이었다.

역사와 전통이 있는 라이카의 최초의 아시아인 모델이
된 것은 분명 내게도 평생 기억에 남을 분에 넘치는
사건이자 영광이며 너무나도 감사한 일이다.
더 열심히 사진을 찍어야겠다.
더 진실된 사진을 찍어야겠다.

워킹 포토 walking photo

살다 보면 누구나 감당하기 힘들 정도의 일들을 겪곤 한다. 나 또한 힘에 붙이는 일들을 겪고 또 이겨내고는 하지만, 그 범위가 깊고 넓은 편이고 어쩌면 다른 이들은 살면서 한 번도 겪지 않을 수 있는 일들도 여러 번 겪어왔다. 그리고 그러한 일들은 무심하게도 한 번에 몰아서 오는 경우가 많았다.

그때가 그러한 시기였다. 라이카 모델로 발탁되어서 베를린에 초청 받아 가게 된, 사진가로서 둘도 없는 감사한 시기였지만 그 무렵 나는 가족 문제와 이성 문제로 무척이나 힘겨운 나날을 보내고 있었다.
여자친구와 다투거나 가족과 불화를 겪는 그런 상황과는 차원이 다른, 하루하루가 한겨울 가지 끝 마지막 잎새 같은 처지였다.
독일에서 라이카 측이 마련한 모든 일정을 마치고, 나는 가장 친한 친구 주호가 살고 있던 이탈리아로 넘어갔다.

나는 오랜만에 만난 친구를 붙잡고 그간 누구에게도 말하지 못한 채 내 안에 꽁꽁 숨겨놓았던 힘들고 속상한 상황들을 밤새 토해내듯 얘기했다. 주호는 나의 얘기를 듣고 한참을 입을 열지 않더니 힘내라며 해줄 수 있는 일이 없는 자신이 오히려 미안하다고 했다.

나는 주호네 집에 처박혀 아무것도 하지 않고 그저 시간을 보냈다. 그게 그때 나의 최선이었고 모든 것에 지쳐 있던 나를 위로하는 방법이었다.
그렇게 보내기를 하루 또 하루.
3일쯤 지났을까. 옷을 꺼내려 가방을 열다가, 혹시나 하는 마음으로 챙겨온 카메라를 발견했다.
'아, 이거 챙겨왔지?' 정도로 생각하고 옷가지를 정리하다 다시 멍하니 카메라를 바라보았다.

왜 그런 기분이 들었을까.
무언가 야속한, 위로해주는 친구가 고맙지만 오히려 짜증을 내며 건들지 말라고 할 때의 감정 같은, 카메라를 바라보며 그런 기분이 들었다.
그리고 고민했다.

꺼낼까?

아니야. 꺼내면 뭐해.

들고 나가서 촬영할 기분도 아니고.

지금 상황에 그게 무슨 의미가 있겠어.

그런 생각을 하면서도 내 손엔 이미 카메라가 들려 있었다.

휴…….

깊은 한숨을 내쉬고 혼자만의 정적이 어느 정도 흐른 뒤,
나는 나갈 채비를 끝내고 언제나처럼 오른손에 카메라를
꽉 움켜쥐고 바깥을 향해 나갔다.

현관문을 열고 한 발짝 내딛었을 때, 산책하기 적당한 따
스한 날씨가 나를 감싸 안아주는 기분이었다. 햇살마저
깨끗하고 좋았다.

마치 내가 사진 찍으러 나가는 걸 아는 양 모든 것이 완벽
했다. 나는 그 한 발짝을 시작으로 계속 걸어 나갔고 계속
셔터를 눌렀다.

보통 때 나는 거리를 걷다가 찍고 싶은 피사체가 보이면 우선 멈춰 선다. 그리고 뷰파인더를 통해 그것을 바라보며 구도를 잡고, 세팅을 하고, 원하는 컷을 몇 컷 찍는 것이 보통 나의 사진 찍는 스타일이다.

하지만 그날은 달랐다. 평상시 나라면 멈춰서 찍었을 법한 것들을 계속 걸어가며 툭툭 찍어댔다. 초점이 맞는지 노출이 맞는지 그런 데에 연연하지 않고 스쳐 지나가며 계속 찍었다.

지금 돌이켜 생각해봐도 무슨 심보였는지.

마치 심술이라도 부리듯 어찌 보면 아주 성의 없게 사진을 찍어대며 계속 걸어 나아갔다. 30분 1시간 2시간 3시간 걷고 또 걸으며 사진을 찍어대다 보니 나도 카메라도 배터리가 거의 방전이 되어갔다. 그리고 멈춰 섰다.

말로도 글로도 묘사하기 힘든 이상한 감정들이 벅차오르면서 자꾸 눈물이 나올 것 같았다.

나를 제외한 그곳의 모든 사람들이 다들 행복해 보이는데 왜 나만 힘겨운 감정에 갇혀 이런 아름다운 곳까지 와서 억지를 부리듯 그 감정들을 이렇게 사진으로 풀고 있는 건지.

이름도 생각나지 않는 동상이 있던 어느 다리 위에서 한참을 앉아 있었다. 그리고 해가 저물어 노을이 지기 시작할 때쯤 무거운 발걸음을 이끌고 터벅터벅 다시 주호네 집으로 돌아왔다.

하루 종일 아무것도 먹지 않았는데 배도 고프지 않았다. 아무것도 하기 싫고 모든 게 다 귀찮았다. 곧바로 침대에 누워 손에 들려 있는 카메라의 전원을 켜고 오늘 찍은 사진들을 돌려 보았다. 한 장 한 장 장면들이 보일 때마다 아까의 내 감정들과 사진을 찍을 때의 느낌들이 교차하며 되살아났다.
사진 속 내가 스쳐간 많은 사람들 중 기억이 나는 사람들도 있었고 전혀 기억나지 않는 사람들도 있었다. 아, 이 사진은 멈춰서 제대로 찍었으면 진짜 좋았을 텐데 하는 아쉬움도 들었고, 생각보다 초점이나 구도가 잘 맞아 운 좋게 잘 나온 사진들도 있었다. 하지만 그런 것들이 크게 아쉽거나 중요하게 다가오지 않았다.

머릿속 복잡한 생각과 마음속 괴로운 감정을 안은 채 하염없이 걷고 걸으며 눈에 걸리는 풍경들을 사진으로 찍어댄 그 시간들은, 나에게는 기도와 같은 시간이었다. 물론 돌아오면 현실이고, 사진이 그때의 일들을 감당할 실질적인 힘이 되어준 것은 아니지만, 사진마저도 없었다면 나약한 나는 더 많이 아프고 힘들었을 것이다.

그때 이탈리아에서 찍었던 워킹 포토들을 보고 있노라니 잘 나오고 못 나오고가 아닌, 힘든 고비의 순간마다 항상 내 곁에 있어준 사진이란 친구에게 고마운 마음이 든다.

하지만

다시는 워킹 포토 같은 건 찍고 싶지 않다.

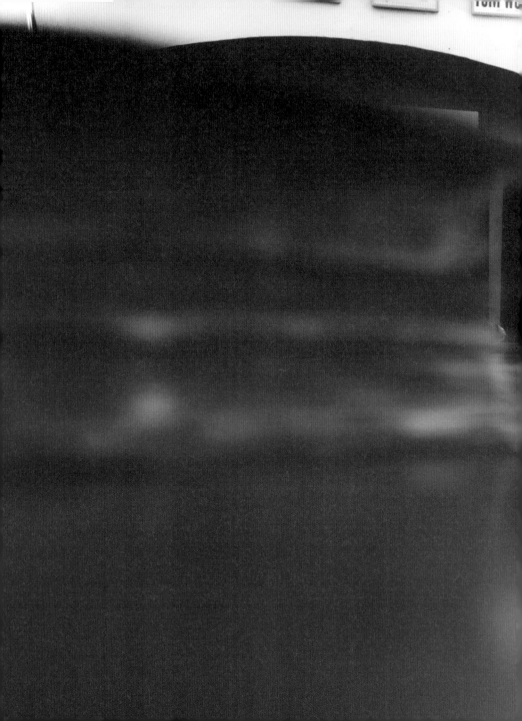

포장마차

(이유는 모르겠다. 가끔씩 찾아오는 고질병 정도로 정의해두고)
딱히 특별히 힘들 일도 없는데 가끔 이유 없이 눈물이 난
다. 집에 들어가는 길 또다시 이유 없이 눈물이 날 것 같
았다. 하지만 내 마음을 찬찬히 들여다보면 이런 일엔 매
번 분명한 이유가 있더라. 힘이 들고 눈물이 나서 왜 그런
가 생각해보면 늘 그 이유가 있었다.

집에 들어왔으나 결국 견디지 못하고 집 앞 포장마차로
갔다. 아저씨처럼 혼자 소주를 시켜놓고 마시다가 병신처
럼 혼자 질질 짜고
그러다 보니
왜 이리 미안한 사람이 많은지.
왜 이리 고마운 사람이 많은지.
왜 이리 보고픈 사람이 많은지.

공식적으로 나는 서른다섯 살인데,
내 안의 진짜 나는 내가 몇 살인지 모르겠다.

나이를 한 살 한 살 먹을수록 어깨의 짐이 힘에 겹다.

가족도 챙겨야 하고

형들도 챙겨야 하고

동생도 챙겨야 하고

친구도 챙겨야 하고

직원도 챙겨야 하고.

정작 사실은 내가 많이 힘든데

그래서 누군가 나 좀 챙겨줬으면 좋겠는데

하는 푸념을 늘어놓다 보면

결국 스스로 책임지고 이겨내야 한다는 걸 알게 된다.

그래서 뭔가 더 힘들고 지친 마음이 길어지는 밤이

가끔씩 이렇게 찾아오는 것 같다.

한참을 울다 시간을 보니 새벽 5시가 넘어가고 있었다.

포장마차 이모는 저 새끼 언제 가나 하는 눈치로 가게를

다 치우고 나만 바라보는데

오늘 같은 날에는 혼자 맘 편히 마시고 펑펑 울고 싶은데

그것도 쉽지가 않다.

오늘 내가 진짜 찌질하고 병신 같다.
하지만 그대로 집에 들어와 씻고 누워서 잠들기 전
나는 또 다짐한다.

오늘 푹 자고
내일 아침에 기분 좋게 일어나
내 어깨에 놓인 수많은 짐들을 이겨내는
건강한 사람이 되겠노라고.

© John

내게 크디 큰 존재로 늘 곁에서 함께하고 있는 너에게 편지를 보내본다.

너와 나의 그 질기고 오랜 끈이 아직 튼튼하게 연결되어 있다는 게

참 다행이라는 생각이 든다.

난 너로 인해 많은 힘을 얻었고

너로 인해 힘든 시간들을 견뎌내기도 했어.

내가 너를 선택한 건지 네가 나를 선택한 건지 가끔은 헷갈리기도 해.

하지만 중요한 건 선택의 순서보다 우리의 계속되는 연결고리인 것 같아.

어린 시절부터 성인이 된 지금까지

그리고 이젠 내가 숨을 거두는 마지막 순간까지

나와 한몸이 되어 영원히 함께하리라는 걸 믿어 의심치 않기에

넌 나에게 너무나 귀하고 소중한 친구란다.

시간은 멈추지 않고 계속 흘러가는데

너는 그 시간을 정지시켜주고

그 순간을 추억이라는 아름다움으로 승화시켜주지.

세상 누구나 알고 있겠지만

아름다움은 절대 돈이나 물질로 살 수 없어.

그래서 너에게 참 고마워.

어떠한 사람들의

어떠한 사진으로 인해

어떠한 사람들에겐 위로가 되고 치유가 된다는 것.

그건 매우 아름다운 일이라고 생각해.

내가 너라는 좋은 친구를

아직 잘 모르는 사람들에게

소개해줄 수 있는 자그마한 역할이 되어줄게.

그들이 널 통해 또 누군가에게 힘이 되어줄 테니.

사진에게

3

그래도
내 인생이니까

좋은 사진

"어떻게 하면 사진 잘 찍을 수 있어요?"

라는 질문을 수도 없이 받아왔다.

어떠한 카메라도 좋다.

하다못해 핸드폰의 카메라라도 켜고

지금 당신의 45도 위를 향해 보이는 하늘을 찍으세요.

그 사진은 이 세상에 단 한 장밖에 없는 사진입니다.

잘 나온 사진과 좋은 사진은 다를 수 있지만

당신이 찍은 세상에 하나뿐인 사진은

당신에게 엄청난 가치와 큰 의미가 있는

감히 누구도 평가할 수 없는 사진이에요.

아닌가요?

산타클로스

바람이 너무 차가워 사진을 찍었다.

눈에 보이지 않는 이 추위를 담고 싶었다.

핸드폰 카메라로 찍었기에 화질은 떨어질 수 있지만,

이 사진은 나에겐 서른세 살 겨울 몸서리치도록 추웠던

어느 날의 한남역을 평생 가져갈 수 있는 기록이 되어준다.

바람이나 추위를 사진으로 담을 수는 없지만,

내 머릿속 저때의 느낌이 이 사진과 만나면

기억을 증폭시키는 충분한 역할을 해주기 때문이다.

누군가에겐 대수롭지 않은 얘기겠지만,

나는 사진을 찍는 사람이다.

어린 시절부터 사진의 이러한 부분에 매료되었고 지금도

그리고 앞으로도 마찬가지일 것이다.

내 컴퓨터에 저장되어 있는 소소한 많은 날들의 사진들이

훗날 나와 내 주변인들에게 좋은 추억을 선물하는

좋은 사진이 되었으면 좋겠다.

좋은 사진을 많이 찍어

좋은 선물을 많이 줄 수 있는 산타클로스 같은 사진가가

되고 싶다.

바다

나는 바다를 좋아한다.

아니 정확히 말하면 바다를 사랑한다.

힘든 일이 있을 때, 고민되는 일이 있을 때,

내가 가장 많이 찾는 곳도 바다다.

작년 여름, 카메라만 들고 혼자 부산 여행을 갔다.

뜨거운 햇살이 무척이나 뜨겁던 8월의 어느 날, 해운대 바
닷가는 수많은 피서객들로 붐비고 있었다. 나는 사람들이
없는 조용한 곳을 찾아 해변의 끝자락으로 끝자락으로 들
어갔다. 그러자 지긋이 나이 드신 분들만 모여서 물놀이
를 하고 계시는 곳이 나타났다. 해운대 바닷가에 이런 곳
이 있었나 싶을 정도였다.

색다른 기분으로 나도 그곳에 발을 담그고 앉아 있노라
니, 파란색 양산으로 햇볕을 가린 채 앉아 계시는 뒷모습
의 할머니와 할아버지의 대화가 들려왔다.

할아버지께서 당신이 어릴 땐 여기서 수영을 많이 하셨노
라 말씀하시자, 할머니께서 그건 옛날이고 지금은 다 늙
어서 물에 들어가면 죽을지도 모른다며 농반 진반 콧방귀
를 뀌셨다. 양산에 가려 보이지 않는 두 분의 얘기에 나는
혼자 큭큭거렸다.

바로 그 순간, 할아버지가 벌떡 일어나시더니 윗옷을 훌
렁 벗으시고는 잘 보라며 물에 뛰어드셨다. 할머니도, 뒤
에서 두 분의 대화를 엿듣던 나도 깜짝 놀라는 찰나, 바다
에 들어가신 할아버지는 금세 파도에 적응하시더니 기가
막힌 수영 실력으로 자유자재로 수영을 하셨다.

"아이고, 우리 영감 수영 진짜 잘하네."
걱정하시던 할머니도 무척이나 좋아하셨다.
내 입가에 자연스레 미소가 지어졌다. 그리고 나를 미소
짓게 만든 두 분을 향해 조용히 카메라를 들어 사진 한 컷
을 찍었다.

여행을 마치고 서울로 돌아와서 필름을 맡긴 뒤 다시 찾
은 사진을 보았을 때, 나는 또 한 번 미소가 지어졌다.

마치 그곳에 다시 앉아 있는 것처럼

내가 보았던 그때 그 느낌

그대로의 사진이었기 때문이다.

—
내가 바다 사진을 많이 찍는 이유?

–

당신이 제일 사랑하는 것을 사랑하는 이유.

빛에 빚을 졌네

빛이 고마울 때가 있다.

장마가 찾아와 몇 날 며칠 지겹게 비가 내리다 어느 날 짠
하고 밝은 햇살이 나타나면 사람들이 좋아하는 것처럼,
나는 하루에도 몇 번씩 빛 때문에 기분이 좋아진다.

아침과 해질녘,
하늘과 구름을 불그스름하게 만들어주는 빛이 고맙고,
비가 오거나 눈이 내리는 흐린 날의
드라이한 회색빛이 고맙고,
맑은 날 밝고 청명하고 쨍하게 비춰주는 빛이 고맙고,
새벽녘,
푸르스름하게 나를 차분히 만들어주는 빛이 고맙다.

뭐 그런 게 고맙냐고?
그러게.
그런데 어쩌다 보니
나는 빛에도 감사하는 사람이 되었다.

자세히 들여다보면 너무 아름다워서,
내게 이런 아름다움을 선사하는 것에
감사하지 않을 수 없게 된다.

뭔가 다른 느낌의 아침이었다.
비몽사몽 눈도 제대로 못 뜬 상태였지만
분명 평소와는 다른 느낌의 빛이 느껴졌다.
하얀색 얇은 커튼으로 들어오는 아침 햇살이
다른 날과는 다르게 묘하게 나른하다고 해야 할까?
뚜벅뚜벅 창가로 가서 바깥을 멍하니 바라보다가
카메라를 집어 들고는 커튼을 찍었다.
정확히 말하자면 커튼 사이로 스며드는 빛을 찍었다.

—

밤새 소복이 쌓인 눈이
평소와 다른 아침의 빛을 만들어주고 있던 것이다.

―

기분 좋은 햇살에 눈을 뜨는 게 몇 년 만인지 몰랐다.
찡그려져 있는 눈을 살짝 뜨고 카메라를 들어
빛이 들어오는 창을 찍었다.
2012년 5월 9일 베를린.

꺼내 보기

고등학교 1학년 때 만나 지금까지도 티격태격하면서도 끈끈하게 바싹 붙어 있는 친구가 있다. 이십대 후반에 이탈리아로 유학을 가면서 1년에 몇 번 못 보는 사이가 되었지만 자주 통화하고 연락하며 잘 지내고 있는 주호가 한국에 나왔을 때였다.

서로 바빠서 몇 번 보지도 못했는데 벌써 이틀 뒤면 한국을 떠난다기에 진하게 한잔하기로 하고 이태원에서 만나 남산 소월길을 따라 남대문시장 쪽으로 향할 때였다.

눈이 조금씩 조금씩 내리기 시작하더니 앞이 안 보일 정도로 퍼붓기 시작했다. 순식간에 차들은 속도를 줄이고 비상등을 켰고, 우리도 비상등을 켜고 서행을 하다 내가 한쪽에 차를 댔다.

나가자.
어딜?
사진 찍자.
뭔 사진?

그냥 눈 오니까 기념사진!

뭔 사진이야 남자끼리.

일단 나와봐!

나는 주호를 찍기 시작했다(나는 차에 항상 카메라를 챙겨놓
기 때문에 이렇게 돌발로 사진을 찍을 때 용이하다).

주호는 어색하고 머쓱한지 무표정으로 렌즈를 응시했다.

가뜩이나 인상도 안 좋고 얼굴도 무섭게 생긴 게 무표정
으로 쳐다보니까 몇 장 찍다가 필름이 아까워졌다.

나는 주호 옆으로 다가가 셀카도 찍고 나도 찍어달라며
분위기를 밝게 만들었다. 그렇게 장난치며 찍다가 필름이
마지막 3장 남았을 때, 나는 다시 카메라를 잡고 주호를
촬영했다.

17년 동안 내가 찍은 주호의 사진들을 보면 80~90퍼센트
가 무표정이다. 그래서 그날 찍은 주호의 환히 웃는 사진
은 내겐 기분 좋은 미소를 짓게 하는 네잎클로버 같은 사
진이다.

사진은 거의 대부분 언제나 행복과 웃음을 선물해준다.

이건 확실하다.

나의 할 일

건강은 많이 회복되었다. 작업 의뢰들이 다시 들어오고 있었다. 금전적으로도 조금씩 안정을 찾고 있었다. 모든 것이 수술하기 전으로 돌아오고 있었다. 그래서 이제 조금씩 좋은 일을 해야겠다고 생각했다.

아프기 전, 나는 온라인에 'photoby'라는 사진 클럽을 만들어서 운영하고 있었다. photoby는 학창 시절의 나처럼 사진의 꿈을 가졌지만 어려운 형편 때문에 사진을 할 수 없는 친구들에게 무료로 사진 교육을 하는 모임이다.

그저 내가 가진 달란트를 나누고 싶은 마음으로 시작한 일이었다.

홈페이지를 통해, 비공개이니 자신의 형편과 사진에 대한 열정을 알려 달라고 부탁했다. 총 50명의 인원을 뽑기로 하고(50명으로 제한을 둔 것은 스튜디오에 수용할 수 있는 최대 인원이 50명이었기 때문이다) 일주일간 모집을 했는데 2,000명이 넘는 사람들에게 메일이 왔다. 나는 한 명 한 명의 메일을 신중하게 읽고 가장 마음을 끄는 50명을 선정해 개별적으로 연락을 했다. 수업은 매주 일요일 낮 12시부터 오후 5시까지, 쉬는 시간 10분씩, 총 5교시였다.

50명 분의 의자와 프로젝터, 사진 교재를 구입했다. 사진 교육에 실질적으로 필요한 자료들은 며칠에 걸쳐 직접 만들어서 완성했다. 스태프들과 함께 스튜디오도 청소했다.

드디어 첫 수업 날.

일찍 일어나 장을 보러 갔다. 먹을 음식, 간식, 음료 등을 구입해서 세팅을 하고 나는 사람들을 기다렸다.

photoby

쭈뼛쭈뼛 어색해하며 스튜디오를 두리번거리는 사람들 사이에서 내가 용기를 내어 입을 열었다. 이렇게 와주신 여러분을 환영하며 앞으로 함께 공부할 친구들이니 서로 인사하며 친하게 지내라는 어색한 말들을 줄줄이 늘어놓고는, 첫 시간인 만큼 자기소개를 하고 수업을 시작하기로 했다.

대부분은 형편이 어려운 학생들이었고, 물론 카메라를 가지고 있는 친구들도 없었다. 나는 최대한 밝고 힘 있게 말했다.

"카메라가 없는 것은 창피한 게 아니에요.
카메라를 가지고도 쓸 줄도 모르는 게 창피한 거죠."

몇몇의 사람들은 끄덕끄덕, 또 몇몇의 사람들은 그냥 멍하니 나를 바라보고 있었다. 그렇게 photoby의 첫 번째 사진 수업이 시작되었다.

수업을 하는 내내 나는 티는 안 냈지만 사실 무척이나 떨리고 무서웠다. 그래도 수업에만 몰두했다.

첫 번째 수업을 무사히 마치고, 두 번째, 세 번째, 네 번째……. 사람들은 이제 서로 친해져서 누나 오빠 형으로 이름을 부르며 화목하고 즐거운 분위기가 조성되었다.

나도 처음에 가졌던 모르는 사람들을 만나는 두려움, 내가 누군가를 가르칠 수 있을까 하는 두려움, 이런 불편한 감정들이 있음에도 일요일마다 꾸준히 해나가야 한다는 의무감에서 벗어나 즐겁게 친구들과 수업을 할 수 있게 되었다.

개 중에는 이번 주에는 차비가 없어 오지 못할 것 같다는 친구들도 있었다. 서울뿐 아니라 지방에서 오는 친구들도 많았기 때문이다.

나는 최대한 그들이 자존심 상하거나 오해하지 않게 얘기를 하고 비밀 차비를 보내주었다. 그들에게 잘 보이고 싶어서가 아니라 힘들게 수업을 시작하게 되었는데 이러저러한 이유로 누군가가 뒤처지거나 빠지는 게 싫어서였다.

그렇게 매주 즐거운 수업을 진행해갔고, 이제 단 두 번의 수업만이 남게 되었다. 마지막 수업을 남기고 이론 시험을 보았다. 사람들의 시험 성적을 보며 흐뭇했다. 생각보다 다들 성적이 훌륭했던 것이다.

이론 시험을 마치고, 다음 주 마지막 시간에는 모두 카메라를 가지고 실제로 촬영을 하러 나가는 실기 시험을 본다고 이야기했다. 갑자기 사람들의 표정이 어두워졌다. 내가 말했다.

"제가 평소에 필름 카메라로 촬영하는 거 아시죠? 다음 주에는 저도 여러분도 같은 카메라로 촬영을 할 겁니다. 바로 일회용 카메라입니다. 저도 여러분도 모두 같은 카메라로 촬영을 할 거니까 공평한 겁니다."

그제야 사람들의 표정이 다시 밝아졌다. 나는 한마디 더 보탰다.

"오늘 본 이론 시험과 다음 주에 볼 실기 시험 성적을 합쳐 1등 하신 분에게는 카메라를 선물로 드리겠습니다."
내 말이 채 끝나기도 전에 사람들은 함성을 질렀다.

드디어 마지막 수업 시간.

사람들에게 일회용 카메라를 하나씩 나눠주고 간단한 사용법을 알려준 뒤, 모두들 가로수길로 나가 3시간 동안 촬영을 하고 스튜디오로 돌아오기로 했다.

나도 사람들과 함께 나가서 일회용 카메라로 열심히 촬영을 했다. 내가 1등을 하면 카메라는 나에게 선물로 주겠다는 농담 섞인 말을 했기 때문이었다.

가로수길 여기저기에서 열심히 촬영을 하는 학생들을 보고 있노라니 괜시리 마음이 뭉클해지기도 했다.

일주일 뒤, photoby 클럽에는 저마다의 철학과 내용이 담긴 베스트컷이 한 장씩 올라왔다. 서로의 사진 밑에는 서로의 칭찬 댓글이 달리기 시작했다.

사실 나는 학생들이 올린 사진 그 자체만으로 훌륭한 사진이라고 생각한다. 그런 내가 보아도 학생들이 찍은 사진이 맞나 싶을 정도로 훌륭한 사진들이 너무 많았다. 스태프들과 나는 고민에 고민을 한 끝에 1등을 정했고 그 친구에게는 롤라이 카메라를 선물로 주었다.

나는 나머지 친구들에게 내심 미안한 마음이 있었는데 오히려 그들은 카메라를 받은 1등에게 기꺼이 박수를 보내

주는 마음들을 이미 가지고 있었다.

동정이 아닌 단지 사진에 대한 열정과 용기를 심어주고
싶어서 시작한 프로젝트였다. 지금 그들은 충분한 자신감
을 가지고 계속해서 사진 공부를 하고 있다. 개인 과외를
받으러 스튜디오로 찾아오는 친구들도 있었다. 중앙대학
교 사진과를 비롯, 몇몇 대학교 사진과에 입학한 친구들
도 생겼다.
그들은 나를 빽가도, 백성현도, by100도 아닌, 선생님이
라고 부른다. 낯간지럽고 불편하긴 하지만, 사진을 계속하
고 있는 친구들 덕분에 나 또한 보람과 뿌듯함을 얻었다.

그런데 내가 아프면서 수업이 끊긴 게 안타까웠다.
건강을 회복하면서 나는 '일회용 카메라 프로젝트'를 시작
했다. 그것도 방송을 시작하면서 자주 못 하게 되었지만,
앞으로도 시간이 날 때마다 사진을 좋아하지만 배우고 찍
을 기회를 얻지 못하는 친구들과 함께 하는 프로젝트를
계속 진행할 생각이다.
몇 억씩 기부하며 좋은 일 하시는 다른 연예인 분들에 비
하면 한참 부족할 수도 있다. 하지만 내가 가진 상황 안에
서 내가 할 수 있는 봉사가 내가 할 아름다운 일이라고 생
각하기에 부끄럽거나 숨고 싶지는 않다.

일회용 카메라

작년부터 나는 빅이슈 매거진에 사진으로 재능기부를 하고 있다. 빅이슈는 판매 수익금으로 홈리스에게 음식, 의류, 일자리를 제공하며 그들의 자립을 도와주는 잡지인데, 작업에 동참하는 모든 이들이 재능기부로 잡지를 만든다.

그날은 울랄라세션의 화보 촬영을 하는 날이었다. 유쾌한 그들과 즐겁게 촬영을 하는 도중, 막내가 다가와 머쓱하게 말을 걸었다.

형, 저 기억 안 나시죠?
미안한데 우리가 사적으로 만난 적이 있었니?
형 일회용 카메라 프로젝트 할 때 저 혼자 찾아갔었어요.
엥?

일회용 카메라 프로젝트.
뇌종양 수술 후 몸이 조금 회복되어 갈 무렵, 사진이 찍고 싶기도 하고 작지만 좋은 일을 하고 싶어서 소박하게 진

행했던 프로젝트였다. 사진에 관심이 있거나 사진을 찍고
싶은데 형편이 어려워 카메라가 없어서 사진을 찍지 못하
는 친구들에게 조금이나마 용기를 주고 싶었다.

격주로 일요일에 50명씩 내 스튜디오에 모여 점심을 함께
먹고 준비한 일회용 카메라를 모두에게 나눠주면 나를 포
함한 50명의 친구들이 일회용 카메라를 들고 동네로 출사
를 나가 촬영을 한다. 그리고 일주일 뒤 '일회용카메라프
로젝트' 온라인 카페에 자신의 베스트컷을 올리고 가장 많
은 투표를 받은 친구에게 카메라를 선물로 주었다.

그때 그 속에 울랄라세션의 막내가 있었다니. 심지어 지
방에서 올라왔다고 했다. 나는 뭔가 짠하기도 하고 반갑
기도 해서 고맙다고 말했다. 녀석은 데뷔 전부터 내 사진
을 좋아한 팬이었는데 나와 작업을 하게 되어 기쁘고 영
광이라고 했다.

기분이 묘했다. 누군가에게 알리려 했던 것이 아니었고
순수하게 사진을 생각하며 진행했던 일이었는데 그 인연
으로 다시 만나다니. 내가 더 고맙고 영광이었다.

이제 다시 일회용 카메라 프로젝트를 준비 중이다.

나는 많이 모자라고 부족한 사람이다.

그래도 소수의 친구들은 나를 보며

사진의 꿈을 키우기도 한다.

앞으로 더 많은 이들에게 힘과 용기를 주는

사람이 되고 싶다.

행복이 뭔가요

집에 돌아와 마초랑 산책을 하다 아파트 놀이터 미끄럼틀에 누웠다. 1월이고 새벽인데도 밤공기가 포근했다. 하늘에는 밝은 보름달이 떠 있었다. 한참을 아무 생각 없이 달을 바라보다 핸드폰을 꺼내 사진을 찍었다.

사실 금요일 밤부터 몸이 너무 아파 끙끙거리며 앓아누웠다가 정신을 차려보니 일요일이 되어 있었다. 침대는 내가 흘린 땀으로 흠뻑 젖어 있었다. 토요일을 통째로 건너뛴 채 30시간이 넘게 아팠던 것이다.
엊그제는 가만히 있는데 코피가 났다. 하루하루 일에 너무 몰두하다 보니 몸도 마음도 많이 지친 것 같다.

부모님과 같이 살 때는 아프면 엄마가 죽도 끓여주고 약도 사다주고, 몸도 그렇지만 마음이 더 보살핌을 받아서 빨리 낫는 느낌이었는데, 혼자 있을 때 아픈 건 그저 많이 아플 뿐이다.
그런데 아픈 것보다 힘든 건, 아픈 3일 내내 아무에게도 아픈 걸 말하지 못한 것이다. 못 한 건지 안 한 건지 아직도 잘은 모르겠지만, 내가 아픔으로 내 주위 사람들이 걱정하는 게 싫었다. 나이를 먹었나 보다. 나보다 나를 걱정할 사람들을 더 걱정하게 된다.

많이 아팠던 경험이 있어서 그런지, 유독 그 부분에 있어서는 더 독해지는 것 같다. 어찌 보면 안쓰럽고 어찌 보면 미련해 보일 수도 있겠지만, 나는 내 주변인들 모두가 나로 인해 행복하기만 했으면 좋겠다.

행복이 무엇인지 궁금해 한 달 넘게 행복을 찾아 심각하게 고민했던 스물일곱 살의 백성현이 귀엽게만 느껴진다. 얼마 전 보았던 영화 〈꾸뻬 씨의 행복여행〉에서 그 시절 어린 내가 했던 것과 똑같은 행동을 하는 주인공을 보았다. 어느 날 뜬금없이 '행복이 무엇일까?' 의문이 든 나는 만나는 사람마다 물어보기 시작했다. 지인들에게는 물론이고, 처음 만난 기자에게, 동네 슈퍼마켓 아저씨에게, 심지어 집으로 배달 온 중국집 배달원에게도 "얼마예요? 그런데 행복이 뭐예요?"라고 물었다.

이제는 알겠다.
행복을 정의 내리려는 것은 어리석은 짓이었음을.

이제는 알겠다.

행복은 정의할 수 없는 것임을.

행복은 찾고 발견하는 것이다.

오히려 너무 많아서 다 찾을 수 없는 것이다.

별거 아닌 무수한 사소함들이 행복임을 이제는 알겠다.

그런데 당신이 생각하는 행복은 무엇인가요?

착한 사진

몇 년간 나는 참 많은 것이 바뀌었다.
얼굴에 주름도 많이 늘었고, 새치라며 하나둘씩 보이던
흰머리도 이젠 몇 배가 늘었다. 얇디 얇던 허리 사이즈도
3인치나 늘어났고, 시끄럽고 화려한 클럽보단 집이 좋아
졌다. 그 밖에도 많은 것이 바뀌었는데, 그중 가장 많이
바뀐 건 나의 마음가짐이다.

마음가짐?
하루에도 몇 번씩 고쳐먹는 그런 류의 마음가짐 말고,
내 안 깊은 곳에 있어 나도 잘 보지 못하는
내 속의 진짜 마음가짐 말이다.

나는 부정적이고 이기적이고 외골수에 아웃사이더,
한마디로 흔히들 말하는 꼴통이었다.
쉬운 예로, 새로운 사람을 만나는 게 너무 싫었다.
나의 울타리 안에 누군가 새로운 사람이 나타나면 우선

경계 모드에 들어갔고 그에 대해 잘 알지도 못하면서 내 식대로 판단하고 결론지어 나를 비롯한 내 주변인들 주위에서도 그를 떼어내려 했다.

나는 다만 내 주변의 좋은 사람들과만 오랜 시간 함께하길 바랐던 것 같다. 새로운 누군가를 알고 싶어 하지도, 내 사람을 잃고 싶지도 않은, 그냥 지금 이대로의 인간관계가 영원하길 바라는 사람.

그리고 부정적이었다. 나에게 일어나는 모든 일의 원인은 나를 제외한 모든 것이었다. 남 때문에, 날씨 때문에, 회사 때문에, 때문에, 때문에……

그렇게 정작 나에게 있는 나의 문제를 나만 모르는, 진짜 답 안 나오는 꼴통이었다.

그러다 보니 내가 힘들거나 아프거나 괴로울 때면 모든 것이 부정적이었고 이가 부러질 정도로 바득바득 갈며 미친 사람처럼 무언가를 위해 나쁜 노력을 했다.

'나는 내 할 일 열심히 하면서 좋은 사람이 될 거야'라는 마음이 아니라, '너네 두고 봐, 내가 어떻게 되나 두고 봐' 이런 복수의 마음이 깃들어 있는 나쁜 마음으로 한 노력들.

지금 돌이켜보면 그 독기 때문에 얻은 것도 많지만, 내 안의 독을 가지고 이룬 것들은 그리 오래 가지 못했다.

2007년 스튜디오를 오픈하고 꽤 많은 작업들을 하며 포토그래퍼 백성현으로의 이름이 유명세를 타기 시작했을 때 사람들은 비웃고 손가락질했다.
지가 무슨 사진가라고, 찍어봤자 얼마나 찍겠어?
나는 괜찮은 척 대인배마냥 웃어넘겼지만, 이제야 말할 수 있는 내 안의 진심은 '두고 봐, 내가 어떤 작업을 하는지, 얼마나 잘 찍는지 보여주겠어'라는 근거 없는 미친 자존심과 독기의 에너지였다.

필름 사진을 찍으면서도 단 한 컷도 잘못 나오면 안 된다는 생각에 잘 찍으려고 신중에 신중을 기하며 멋과 힘이 잔뜩 들어간 사진들을 찍어대곤 했다. 그렇게 신중에 신중을 기해 찍은, 내 눈에 잘 나와 보였을지 모를 그 사진들이 사람들의 눈에 절대 멋진 사진으로 보였을 리가 없다.
왜?
못된 마음으로 찍은 사진이니까!

내가 그토록 사랑하는 바다를 보면서도 '아, 좋다' 싶은 나 홀로 느낀 바다를 찍는 것이 아니라 수평선을 맞추고 구도를 생각하고 '멋진 사진 찍어야지, 잘 찍어야지' 사람들에게 인정받고 싶은 마음으로 바다를 찍었다.

그런 마음으로 찍은 사진들이 보기에 멋져 보일 수는 있겠지만 오롯한 나의 감성을 담아내고 있지는 못했다. 나는 내 감성을 담은 사진을 더 좋아하는데, 못된 마음으로 사진을 찍을 때 마음 깊은 곳에서는 행복하지 않았던 것 같다.

지금의 나는 많은 것들이 바뀌었다.

이제는 사진을 찍을 때 멋이나 구도에 힘을 주지 않는다. 그냥 다니다 내가 내키는 대로 찍고 싶은 대로 찍는다. 핀이 나간 사진, 노출이 맞지 않는 사진, 완전히 까맣게 타버린 사진들도 종종 나오곤 한다. 그런데 나는 예전에 찍었던 사진들보다 지금 내 사진들이 더 좋다.

왜?

착한 마음으로 찍은 사진이니까!

프로 사진가로 데뷔한 지도 이제 10년이 다 되었다. 당연

한 것이지만(내 자랑을 쪼끔 한다면) 웬만한 사진들은 내가 찍고 싶은 대로 의도한 생각대로 구도, 노출, 핀이 거의 다 맞는다. 하지만 내가 생각하는 좋은 사진은 힘과 멋을 조금 빼고 욕심을 내려놓고 진심으로 찍은 사진들이다.

내가 세상에서 제일 사랑하는 우리 엄마를 찍는다고 하자. 그건 그 자체로 잘 나오고 안 나오고가 문제가 되지 않는다. 모든 걸 배제하고, 내가 찍은 사진 안에 담겨 있는 우리 엄마 그 자체로 내겐 너무나 아름답고 멋진 사진이 되기 때문이다.

차를 타고 다니다 해질녘 노을이 멋지게 진 하늘을 발견하면, 예전이라면 갓길에 차를 세우고 빌딩들이 걸리지 않게 하늘을 찍었겠지만 이제는 신호에 걸렸을 때 차창을 내리고 하늘을 향해 툭 사진을 찍는다.

그러면 프레임 안에 창문이나 앞차가 걸릴 수도 있겠지만, 내가 찍은 포인트는 해질녘 노을이 드리운 그날 그 시각의 멋진 하늘이다. 그리고 내가 이렇게 아름다움을 그리며 찍은 앞차가 걸려 있는 하늘 사진은 누군가에게는 별로일 수 있겠지만 내겐 멋진 사진이 되어준다.

예전과는 모든 게 정반대로 바뀌었지만, 그래서 사진을

찍을 때 부담도 줄고 즐거운 마음이 들어 예전보다 훨씬 더 많은 사진을 찍게 된다.

잘 찍고 못 찍고 이제 나는 그런 거 없다.
타인의 사진을 볼 때도 그가 생각하는 스토리텔링이 무엇일지, 이 사진을 찍을 때 그가 어떤 생각과 어떤 마음으로 촬영을 했는지가 나는 더 궁금하다.
하지만 한 가지 확실한 건 나쁜 마음으로 찍은 사진은 별로 아름답지 않다는 것. 그래서 나는 요즘 사진 찍는 게 너무 좋다.
예전에 사람들에게 그토록 바라던 내가 사진 찍는 사람인 거 이젠 다 아니까, 이제는 계속 이런 마음으로 사진을 찍는 사람으로 알아줬으면 좋겠다.

마지막으로 하나 더.
당신이 찍은 사진이
세상에서 제일 잘 찍은 사진이고
아름다운 사진이에요.

―
주차하는 아내를 바라보며
다른 차와 부딪히지 않게 지켜봐주는
배 나온 백인 아저씨

–
더운 날씨에도
사람들에게 시원한 콜라를 배달하는 아저씨

–
공항에서 아빠를 기다리며
엄마 옆에서 목을 빼고 공항 출입구를 바라보는 여자아이

–
그림자에 얼굴이 반 정도 가려진,
내가 제일 사랑하는 우리 엄마

버킷리스트

백성현의 20110907 버킷리스트

1. 마일리지로 티켓 끊고 한 달간 파리에서 쉬다 오기
2. 하루 종일 집에서 소리 내어 미친 듯이 울어보기
3. 적당히 비 오는 날 집에서 탕수육이랑 짬뽕 시켜놓고
   친구들과 낮술 마시며 수다 떨기(소주로)
4. 집들이
5. 만들고 있는 곡들의 편곡 끝내기
6. 하루 만에 책 원고 다 쓰기
7. 남산타워에서 레모네이드 마시기
8. 강아지 키우기
9. 전시회 사진 촬영 완료하기
10. 일주일간 핸드폰 꺼두기

4년 전 버킷리스트인데 확인을 해봐야겠다.

1. 마일리지로 파리에 다녀왔고 그 후로도 여섯 번 더 파리를 방문했다.
2. 울었고 그 후로도 세 번 정도 울어보았다.
3. 물론 먹었고 요즘은 혼자서도 자주 먹고 마신다.
4. 물론 집들이를 했다. 그 후 이사를 두 번 더 갔다.
5. 편곡은 끝났고 올해 4월에 앨범도 발표했다.
6. ㅋㅋㅋㅋ 불가능하다.
7. 마셔보았다 몇 번이나(실은 남산 옆으로 이사를 했었다).
8. 우리 집에는 나와 세 살 된 불테리어 마초가 함께 산다.
9. 전시회는 무사히 잘 마쳤다.
10. 열흘간 핸드폰을 꺼두고 여행을 다녀왔다.

10개 중 9개를 성공시켰으므로 서른한 살 백성현의 버킷리스트는 아주 성공적이었다.

자, 그럼 서른다섯 살 백성현의 버킷리스트를 작성해보자.
이룰지 못 이룰지는 시간이 지나면 알겠지.

백성현의 20150714 버킷리스트

1. 내가 만든 곡들로만 채워진 정규 앨범 발매하기
2. 올해 안에 사진 전시하기
3. 마흔 살 전에 백성현 빌딩 구입하기
4. 3번이 성공하면 결혼하기
5. 가족여행 떠나기(한 번도 안 가봤음)
6. 아코디언 마스터하기
7. 일주일간 집 밖에 안 나가기
8. 불어 공부 다시 시작하기
9. 요리 자격증 따기
10. 마음속의 나쁜 것들 버리기

내려놓기

내려놓으니 가벼워진다.

욕심은 가라앉게 만든다는 걸 알면서도

왜 그리 가지려 이루려 사는지 모르겠다.

불안한 미래에 대한 대비책이라는,

어린 시절 지긋지긋하게 싫었던 가난을

물려주고 싶지 않다는,

그럴싸한 이유의 보호막을 쳐놓고

아등바등 살고 있는 것이

어느 순간 한심하게 느껴졌다.

원래 나는 지금처럼 살지 않았었는데.

'원래'라는 말은 없을 수도 있지만,

그때의 나는 해야 하는 일 외의 모든 시간에

사진을 찍었었는데.

지금보다 금전적으로는 부족했지만 나는 행복했다.

아이팟에 재생 리스트 기가 막히게 세팅하고

카메라와 필름 몇 롤 들고 자유롭게 사진을 찍으러 돌아
다니다 보면 하루가 휙 하고 지나가던 그때가
마치 몇십 년 전처럼 까마득하게 느껴지는 걸 보니
이건 아니다 싶다.

사람은 변하지 않는다는 말이 요즘 뼛속 깊이 다가온다.
나 같다는 것, 나답다는 것, 내 식대로 산다는 것.

한 번 사는 삶.
이제 그냥 내 식대로 살란다.
그러려면 더 내려놓아야겠다.
그래야 더 진짜의 나다워질 것 같다.

한심하게 살기 싫어.
진짜 멋있게 살자.
나도.
당신들도.

나는 당신이 누군지 어디에 사는지

당신의 이름도 나이도 아무것도 알지 못해요.

하지만 내가 당신에게 지금부터 쓰는 편지는

분명 당신의 마음에 전달될 거라 믿어요.

예전에 그랬거든요.

누군지도 모르는 사람들이 내게 응원을 해주고 힘내라고 격려도 해주고 긍

정적인 에너지를 전달해준 때가 있었어요.

그때 만약 나의 상황이 모든 것이 평화롭거나 혹은 여유롭거나 걱정 근심

같은 것들이 없었더라면 별 대수롭지 않게 넘겨버렸거나 그냥 오지랖 넓은

누군가의 글 정도로 생각했을지도 몰라요.

하지만 돌이켜 생각해보면 내가 생각이란 걸 할 수 있게 된 어린 시절부터

단 한 번도 걱정이나 근심, 고민이 없었던 적이 없었죠.

어릴 땐 어린 대로 성인이 되었을 땐 성인으로서 종류와 성격은 다르지만

그 위치와 상황에 맞는 고민이나 힘든 일들은 항상 있었죠.

그런데 웃긴 건, 사람인지라 내가 더 힘든 것 같고 남들은 그럭저럭 괜찮은

것 같다고 느낄 때가 많아요. 깊이 들어가 보면 제 각각 자기만의 큰 고민이

지만 그것에 잣대를 들이밀고 누가 더 힘들까라는 생각이 들 때가 있기도

하죠.

물론 처음엔 내가 제일 많이 힘든 것 같지만

어느 정도 시간이 흐르고 그것들을 이겨내다 보면

주변에 나보다 어렵고 힘든 이들이 보이고 느껴지게 돼요.

나는 나대로 당신은 당신대로 우리 모두는

많은 걸 겪으며 살아왔고 앞으로도 그럴 거예요.

그런 일이 찾아오지 않으면 정말 좋겠지만

뜻하지 않아도 우리의 고민거리들은

항상 우리와 함께 공존한다는 걸

어쩔 수 없이 인정하게 되죠.

그러니까 이겨낼 수 있다는 거예요.

인정을 하잖아요.

어쩔 수 없는 거라는 인정.

그리고 이겨낼 수 있고 이겨내야 한다는 인정.

그런 인정들이 우리를 버티게 하고

그것들의 반복은 교훈과 학습으로 남게 되어

우리가 조금씩 더 단단해지는 것 같아요.

지금 갑자기 웃음이 나네요.

왜?

난 지금 2015년 9월 3일 아침 6시 37분에 있어요.

아직 책이 나오기도 전이고,

이 책이 나왔을 땐 이미 최소 몇 개월 후의 미래일 테고,

어쩌면 당신은 10년 전의 글을 읽고 있을 수도 있겠지요.

하지만 나의 편지에 공감할 거라 믿어요.

세상에 힘들지 않은 사람은 없으니까요.

당신이 나의 지금으로부터

몇 개월 뒤에 있든 몇 년 뒤에 있든

분명 어쩔 수 없이 많은 걱정과 고민 속에 있겠지만

우리는 이겨내야 하고 이겨낼 수 있어요.

어떻게?

그것들과 직면하고 부딪치고 충돌하면서요.

힘내요.

좀 아플 수도 있겠지만 분명 이겨낼 거예요.

당신이 지금 겪고 있는 가장 큰 고민이 무슨 내막인지 안다면

내가 아는 선에게 좀 더 따뜻하게 대화를 나눠줄 수 있을 텐데

난 과거에 있는 사람이니

힘내요,

이겨내요,

이 말밖에 할 수 없어요.

하지만 진심이에요.

당신이 누군지도 모르는 나는

지금 당신을 위해 진심으로 기도하고 응원하고 있어요.

힘내요,

그리고

Good luck, stranger.

당신에게

저기요,
시간 있으면 저랑 사진이나 찍을래요?

당신은 이 사진이 어느 계절인지 맞힐 수 있습니다.

1. 봄
2. 여름
3. 가을
4. 겨울
네. 맞습니다.

정답은 3번 가을입니다.
높고 푸른 하늘 아래
푸르던 나뭇잎들은 낙엽이 되어
떨어질 준비를 하고 있으니까요.

이렇게 사진은 우리가 잊고 있던 것과 익숙한 것들의 기억을 꺼내주곤 합니다. 그러면 우리는 단지 사진의 한 장면만으로도 많은 추억을 기억해낼 수 있지요.

그러니 혹시 지금 괜찮다면

(아니면 조만간)

추억을 만들러 나가보세요.

당신이 찍는 모든 사진은

당신에게 소중한 추억이 됩니다.

이건 내가 장담합니다.

고마워요

발행일 | 2015년 12월 1일 초판 1쇄 발행
지은이 | 백성현
발행인 | 강학경
발행처 | 시그마북스
마케팅 | 정제용
에디터 | 권경자, 장민정, 양정희, 최윤정
디자인 | 이경란
기획 · 진행 | 변경혜기획사

등록번호 | 제10−965호
주소 | 서울특별시 영등포구 양평로 22길 21 선유도코오롱디지털타워 A404호
전자우편 | sigma@spress.co.kr
홈페이지 | http://www.sigmabooks.co.kr
전화 | (02) 2062-5288~9
팩시밀리 | (02) 323-4197
ISBN | 978-89-8445-759-1(03810)

이 도서의 국립중앙도서관 출판예정도서목록(CIP)은 서지정보유통지원시스템 홈페이지(http://seoji.nl.go.kr)와
국가자료공동목록시스템(http://www.nl.go.kr/kolisnet)에서 이용하실 수 있습니다.
(CIP제어번호: CIP2015030948)

* **시그마북스**는 ㈜**시그마프레스**의 자매회사로 일반 단행본 전문 출판사입니다.